ベリーズ文庫

王太子様は、王宮薬師を独占中

～この溺愛、媚薬のせいではありません！～

坂野真夢

JN180027

STARTS
スターツ出版株式会社

目次

王太子様は、王宮薬師を独占中
～この溺愛、媚薬のせいではありません！～

王太子様は、王宮薬師を独占中
～この溺愛、媚薬のせいではありません！～

プロローグ

小さな島国であるギールランド。その首都ロンザは、島の中央よりやや北に位置し、堀と塀で囲まれた堅牢な王城と、跳ね橋でつながった城下町からなる。島を縦断するように流れるヴァーン川のおかげで水運が発達しており、交易の中心地として栄えていた。

城下町は国の中心と言うにふさわしく、多くの建物がひしめき合っている。その中でも一番目立つのが、人々の祈りの中心となる大聖堂。それより王城に近い一角に貴族の豪邸が連なり、外側には平民の家が建ち並んでいる。城門からまっすぐ伸びた大通りは賑わいの中心で、様々な商店が軒を連ねていた。

そんな城下町の一角に、小さな薬屋があった。バーネット一家が三年前に立ち上げた『グリーンリーフ』だ。大通りからはずれた一番東端の通り沿いにあり、建物は店舗と自宅を兼ねている。ガラスを多用した店舗部分は、お客が中を覗けるようになっていて、店舗の奥が薬室、さらに奥が居住スペースだ。家の裏には小規模の畑があり、そこで店主のジョンが、原料の一部となるハーブを育てている。

　この店の薬は、不思議とよく効く。しかし、それだけが人気の理由ではない。常連客がわざわざ寄り道してでもこの店に来る一番の理由は、看板娘の笑顔が見たいからだ。接客を担当する姉妹は、いつも明るく、挨拶をするだけで心を軽くしてくれる。

「エマ、ジュリア。これを持っていってちょうだい」

「はーい」

　薬室から娘を呼ぶのは薬づくり担当の母親・ベティ。薬を運ぶのが接客担当の姉妹だ。姉のエマは二十歳、妹のジュリアは十七歳で、ともにダークブロンドの髪を持つ、かわいらしい娘たちだ。身長は姉のほうがわずかに高く、すっと通った眉がしっかり者というイメージをつくっている。妹はややたれ眉で、動作が姉より少しばかりゆっくりだが、表情が明るく、元気いっぱいというイメージだ。

「ジュリア、在庫の帳簿を記入してちょうだい。栄養剤は二十個追加。風邪薬は……」

　エマが読み上げたものをジュリアが台帳に記入していく。その間も、窓の外からはお客の視線を感じる。開店するのを待っているのだ。

「最近、お客さん多いね」

「本当ね。とくに栄養剤が人気ね。いくらつくってもすぐなくなっちゃう」

　エマはため息をつき、ジュリアが記入を終えたのを確認すると、店の鍵を開けた。

待ち構えていたように「もういい？」と聞かれ、笑顔で答える。

「ええ。いらっしゃいませ。お待たせしました」

扉にかけてあるプレートを【close】から【open】へと裏返すと開店だ。

一番に入ってきたのは、キンバリー伯爵家《はくしゃくけ》に勤める侍女のヘレンだ。

「栄養剤はあるかしら」

「ヘレンさんもですか？　最近、皆さんその薬ばかり買っていかれるんですよね」

しかも、買っていくのは町の人より、王城で働くメイドや従僕なのだ。

「どこか悪いわけじゃないんですか？　細かな症状を教えていただければ、別の薬を出しますけど」

「いいの、本当に疲れているだけなのよ。なにせ王太子様がお妃候補を探していることもあって、毎週のように王城で舞踏会があるんだもの。お嬢様の衣装も、髪飾りも、同じものというわけにいかないじゃない。こっちは準備で休む暇もないわ」

「そうなんですか。大変ですね」

だから王城に仕える人ばかり来るのか、とエマはひそかに納得する。

（でも、毎週？　同じ人を呼んで？　それって意味があるのかしら）

出会いを求めるのなら、呼ぶ人間を変えなければ意味はない。高貴な人には深い考えがあるのかもしれないが、エマには無駄なことをしているようにしか思えなかった。

(結婚相手くらい、自分で見つければいいじゃないの。いろんな人を巻き込んで大騒ぎして……見たことはないけれど、王太子様も結構わがままなのね)

眉間にしわが寄ったのに自分で気づいて、エマは慌てて顔を整える。お客様を前にして、笑顔を忘れてはいけない。エマの薬屋としてのポリシーは、薬で体を、笑顔で心を楽にしてあげることだ。

「無理なさらないでくださいね。ヘレンさん」

「ありがとう。でもここの薬は飲みやすいし効くから、助かってるわ。またなくなった頃に来るわね」

「はい。こちらこそいつもありがとうございます」

ヘレンを見送った後、エマがジュリアを振り向くと、さっそく在庫量が書き換えられていた。

「ありがとう、ジュリア」

「うん。あの人五本も買っていったよ。またすぐなくなりそうだよね。母さんに言っておかなくちゃ」

「そうね。本当に……つくるほうが追いつかないわね」

エマとジュリアは、顔を見合わせてため息をついた。

その数日後。グリーンリーフの前に豪奢な馬車が横づけされた。ふたりの従者を伴い、中に入ってきたのは、尖った顎に鼻下のひげが特徴的な壮年の男性だ。

「いらっしゃいませ」

「あー、わしはキンバリーというものだが」

「キ、キンバリー伯爵様？」

キンバリー伯爵は国の南部に領土を持つ貴族だ。現在は貴族議会の会期中なので、城下町の屋敷に滞在している。この期間は社交期とも呼ばれ、多くの集まりが開催されるので、城下町は活気に満ちあふれている。

「ここがグリーンリーフかね。いつもヘレンが薬を買っているとか」

「ええ。ヘレンさんには得意にしていただいていて……」

「いい話がある。店の主人は誰だ？」

「お、お待ちください」

エマとジュリアは顔を見合わせたのち、父親を呼びに行った。その後、両親は伯爵を奥の薬室に引き入れ、話し込んでいる。エマは途中で一度お茶を出しに薬室に入ったが、そのときの伯爵と両親の顔は真剣そのものだった。

「いったいなんの用なんだろうね、キンバリー伯爵」

「さあ。まあ薬以外のことでうちに用事なんてないとは思うけどね」

ちょうどお客が途切れたタイミングで、エマとジュリアは小声でおしゃべりをする。

「まさか私たちのこと、バレてないよね。ね、聞き耳立てちゃおうか」

興味津々のジュリアが薬室への扉に耳を押しあてる。

「やめなさいよ、ジュリア。……あ、いらっしゃいませ」

赤色の上衣を着た三人組が入ってきた。手には笛のような楽器を持っている。

「わわ、いらっしゃいませ」

ジュリアも慌てて接客に戻る。

「ここが薬屋？」

三人組の言葉には異国なまりがあった。最近は外国との交易も盛んになり、貿易船に乗ってこうした旅人たちもやって来る。

「いらっしゃいませ、どんな薬をお望みですか？」

「僕ら、吟遊詩人なんだ。昨日ここに着いたんだけど、気候が変わったら喉と鼻の調子が悪くてね。このままじゃ興行ができない。すぐに効くような薬ってある？」

音楽家にとって鼻づまりや喉枯れは致命的だ。エマは少し考え、即効性の高い風邪薬を取り出した。

「ちょっと高くなりますが、これを一本飲むとすぐによくなります。もし治らなくても、強い薬なので一日一本だけにしてください」

吟遊詩人はエマの出した風邪薬を五本買い、とくに症状のひどい青年がその場で一本飲んだ。かすれ声だった彼は、最初喉のあたりを押さえていたが、やがて「あ、あー、あえいおうー」と発声練習をし始めた。

「いい。声が出てきた。すごいなぁ、噂通りだ」

「噂？」

「ああ、ギールランドから輸入される薬はよく効くってうちの国では評判なんだ。今回も帰国するときには、買い込んでくるよういろんな人から頼まれたよ」

「お客さんたち、どこからいらしたんですか？」

興味津々に問いかけるのはジュリアだ。

「イデリア国だよ」

「大陸の国ですね？」

「そう。いい国だよ。君たちもいつか来るといい。これからこの国中を回って興行するんだ。帰国前にまた寄らせてもらうよ」

「ええ。よい旅を！」

吟遊詩人の一行が去って、エマとジュリアの興味は再び扉の向こうのキンバリー伯爵に移る。しかし、それからすぐに伯爵は部屋から出てきて、ちらりとふたりの看板娘を見やった後、腰を九十度折り曲げた両親に見送られて出ていった。

「いったいなんだったの、父さん」

「それが……グリーンリーフから王城に、薬師をひとり派遣せよとおおせだ。最近、栄養剤が売れているだろう。王城の侍女たちにも評判がいいらしい。だが住み込みの勤め人が城下町まで来るのは大変だから、王城の一室で薬の販売をしてほしいそうだ。キンバリー伯爵はそのための支援を申し出てくれて、もし了承するなら、部屋のしつらえも必要なものもすぐにそろえてくれると言っている」

「それはすごいけど、……でも、大丈夫？　バレないかしら」

エマの問いかけに、ジョンとベティも浮かない顔で目を見合わせた。

一家には、知られてはならない秘密があるのだ。だから、なるべく目立たないように城下町でも端のほうに店を構え、細々とした稼ぎで満足している。

ジョンは浮かない顔のままうなずいた。

「そうなんだよ。もし正体がバレたら、……命だって危ないんじゃないか？」

「でも断れないわよ。キンバリー伯爵のあれは、申し出というよりは脅しだったわ。ほかの貴族に先んじて国王に恩を売りたいって感じだったもの」

困りきった様子で、ベティが腕組みをする。

「でも、私たち、薬をつくっているだけだよ？　大丈夫じゃない？」

のんきに希望的観測を述べるのはジュリアだ。

エマは全員の顔を見渡した。新しい仕事の申し出に対して、期待よりは不安のほうが多いのが見て取れる。みんなの気持ちを代弁するように、エマはつぶやいた。

「魔女だってバレたら、……やっぱり捕まるのかしら」

しん、と静まる。そう、バーネット一家は魔女の家系なのだ。

百二十年ほど前、王都では魔女狩りが横行した。天候不順での作物の不作、病気の蔓延の理由が魔女の呪いによるものだとし、異教徒や薬師、産婆など多くの女性が処刑された。証拠もなく魔女だと断じられて殺された数多くの人間の中に、たしかに魔女も紛れてはいた。だが、もちろん天候不順は魔女のしわざではない。

当時の国王は、困窮にあえぐ国民の怒りを別の方向に向けるために、魔女というスケープゴートを立て、彼女たちを罰することで、国民の不満を抑えようとしたのだ。

平和な暮らしを奪われた人間は散り散りになってこの王都から去った。そして、その多くは北の辺境に領土を持つノーベリー伯爵邸へと逃げ込んだ。伯爵は彼女たちを保護し、人目につかないように隠し続けたが、やがて見つかり、ノーベリー邸では騎士団員による大虐殺が起こった。それが、魔女狩りの幕引きだ。今では魔女は物語の中だけの存在となっている。

しかし、実際には生き残った魔女たちがいて、ずっと伯爵邸に隠れ住んでいたのだ。

今から二十年ほど前、魔女の中でも最大の魔力の持ち主であるクラリスと、その夫・デイモンによって、魔女たちは再び日の光のあたる場所へと出てきた。

自分たちの力で生きていくためには、いつまでも隠れていてはならない。

それがデイモンの主張で、彼は魔女たちの薬づくりの能力が〝仕事〟になるように、『メイスン商会』を立ち上げたのだ。

〝あまりに効きすぎる〟という昔ならば気味悪がられた部分に、〝企業秘密〟という名をつけ、堂々と秘密化できたことは大きかった。薬は売れに売れ、潤沢になった資金を元手に、デイモンは他国への輸出にも乗り出した。海外でも評判がいいのは、先ほど来店した吟遊詩人たちが証明している。

バーネット一家は、メイスン商会から独立して三年前にこの店を建てた。魔女だということは内緒にしながら、つつましく人間の中で暮らしている。

「でも俺たち、悪いことなんてしてないぞ。むしろ、人の役に立つ薬をつくっている」

「それでも捕まって殺されたのが百二十年前の魔女狩りよ?」

「じゃあどうしろって言うんだ。断ったら断ったで、キンバリー伯爵から目をつけられるんだろ?」

ジョンとベティの話し合いでは結論が出そうにない。

「伯爵に返事をするのはいつなの? 魔女の存続に関わるかもしれないもの。クラリス様に相談するしかないんじゃない?」

こんなとき、一家をまとめ上げるのはしっかり者のエマの役目だ。彼女の提案にジョンもベティも言い合いをやめた。

「バームなら、二日で行って帰ってこれるわ」

「それもそうね。クラリス様におうかがいを立てましょう」

エマは窓に向かい、ピィッと口笛を吹いた。すると、黒色の体に白と青の縦じまの羽を持つ鳥が、一羽窓際まで飛んできた。

マグパイという名のカラスの一種だ。この国ではあらゆるところで見られる鳥で、知能が高いことが有名だ。マグパイのバームは、エマの使い魔である。

「どうした？　エマ」

使い魔として契約した動物と魔女の間では、意思の疎通が図れる。エマの頭にだけ、バームの言葉が人間の言葉として響いてくるのだ。

「バーム。お願いがあるの。クラリス様に伝言をお願いしたいのよ」

「お安い御用だよ」

「【キンバリー伯爵より、王城内に薬室を開くように命令されました。断れそうにありません。素直に従うべきか、夜逃げするべきか教えてください】と伝えてくれる？」

エマの言葉が形になったかのように、バームの体の一部がきらりときらめいた。

「わかった。夜逃げになったら物騒だね」

「できれば避けたいわ。でも、王城で魔女だとバレたら困るでしょう？」

「わかった、聞いてくるよ。じゃあね、エマ、明日には帰るよ」

ほかの人間にはクルッとしか聞こえない声で鳴き、バームは空へと羽ばたいた。

ライトブルーの空に、彼の羽の黒色は美しく映える。

エマは彼の姿が点になって見えなくなるまで、ずっと窓から眺めていた。

王太子殿下の秘密の気晴らし

ギールランドの国王夫妻には、三人の王子とひとりの姫がいる。

武術にすぐれ、好奇心旺盛な十九歳の王太子ギルバート、やわらかな印象で人を惹きつける十七歳のブレイデン、本好きで書庫に入り浸る十五歳のリチャード、そして無邪気で愛らしい七歳のジゼル姫だ。

王家の安泰は世継ぎの存在にかかっていると信じ、自らも四人の子を持った国王は、ギルバートが二十歳になる前に妃を迎えて、多くの子供を得ることを望んでいた。

鍛え上げた逞しい肉体と整った容姿を持つギルバートはあまたの女性の関心をさらっていたが、彼の興味の対象に女性は入っていなかった。十九歳の若さとあふれる体力は、王城でのきらびやかな舞踏会で美しい女性と踊ることよりも、狩りやトーナメントで弓や槍の腕前を競うほうを望んでいたのだ。

ギルバートは騎士団の若者たちと親しくし、彼らの休暇に合わせて冒険よろしく近くの森まで出かけていく。国王夫妻が彼のための茶会を催しても、いつの間にか抜け出して騎士団の訓練に交じっていたりするのだ。どんなに美しい令嬢の話を聞かせても、ギルバートはまったく興味を示さず、会うことすらしない。

しびれを切らした国王が、国内の有力貴族にお触れを出したのは、貴族議会が始まったふた月前のことだ。

【年頃の娘がいたらぜひとも舞踏会に参加させてほしい。王太子の心を射止めた人間を妃として迎える】

自分の娘が王太子妃になるかもしれないと思い、貴族たちは大喜びだ。

競うように新しいドレスをあつらえるので、仕立て屋は大忙し。毎週行われる舞踏会のために、食材を搬入する市場の人間も、それを調理する料理人も休む暇がなく、流麗な音楽を奏でる楽団も新曲を覚える暇がないほど忙しい。

儲かるのはいいことで町は活気づいたが、ふた月も続けば体がついていかなくなる。人々は、王太子の妃候補がじきに決まるだろうと期待して、疲れた体に鞭打って働いているのだ。……当の本人が、まったく興味を示さないままなのを知らずに。

ある日、国王はギルバートを書庫へ呼び出し、ひそひそと問いかけた。

「今は公式な場ではない。本心を言ってみろ、ギルバート。今まで出会った女性の中で気に入った娘はいないのか？」

ギルバートは端正な顔をゆがめて大きなため息をつく。ほどよく筋肉のついた体を細身のシルエットの貴族服に窮屈そうに収め、ダークブラウンの前髪をかき上げた。

「あいにくですが父上。俺には令嬢たちの違いがわかりません。白い肌、つぶらな瞳、美しく化粧を施し、華やかに髪を結う。ええ、たしかに美しい。我が国にはこんなに美女がいるのかと感心しますよ。しかしいくら美しくても、何人も束になって来られたら、全員同じに見えます。興味を引かれません」

「マクレガー侯爵家《こうしゃくけ》の娘はどうだ。気品もありたおやかで、とびきり美しいぞ」

「ヴァレリア殿ですね。たおやかすぎて、声が全然聞こえないのです。俺の話にもなんの意見も持たずにうなずくだけで、まるっきり自分の意思というものを示さない。つまらないいんですよ」

「では、キンバリー伯爵家の娘はどうだ。美しいだけでなく、勝気ではきはきしていると評判だ」

「人を押しのけて話に入ってきたご令嬢ですかね。たしかにはきはきしていますが、我が強すぎます。人の話も聞けない人間が、次期王妃としてふさわしいとはとても思えません」

ああ言えばこう言うギルバートに、辛抱強く耐えていた国王も、ついに眉間にしわを寄せ爆発した。

「では誰ならいいのだ！」

国王が怒りをあらわにしても、ギルバートにこたえた様子はない。肩を怒らせる国王を一瞥《いちべつ》し、瞳をきらめかせてなめらかに語った。

「一緒にいて楽しい娘がいいですね。あまり政治には口を出さず、俺の癒《いや》しになってくれる女性がいい。気のいい王妃の周りには、彼女を慕う人間が集まるはずです。王妃の周りが笑顔でいっぱいになるなんていいことではありませんか？　でも舞踏会を何度開いたところで、そんな娘には出会えそうもありません。父上、もう舞踏会を開くのはやめてください。焦らずとも、いつか運命の出会いが俺にも訪れますから」

「なにをのんきなことを言っておるのだ。今、妃候補を見つけなければ、次の社交期となる来春にはおまえは二十歳になってしまうのだぞ？」

「べつに二十歳で独身でも、おかしなことなどないでしょう。焦るとろくなことはありませんよ」

「わしは、おまえの年の頃には結婚していたぞ！」

「父上は父上。俺は俺です。……あ！　父上、約束の時間なので失礼します」

「約束？　誰とだ。おい、ギルバート」

「夕刻までには戻りますね。書庫で騒ぐのはよくありませんよ、リチャードが怒ります」

いつも書庫に入り浸っているリチャードが、奥の書架から冷たい視線を向け、うなずいている。国王の気がそっちにそれた瞬間を見計らって、ギルバートは逃げ出した。

廊下を走って自室に戻り、急いで貴族服から騎士団服に着替えた。厚地のシャツの上に騎士団の紋章が縫い込められた黒色の上着。足に張りつくような灰色のズボンに膝まで覆うブーツ。剣の鞘《さや》を収められるつくりの腰のベルトに、護身用の短剣を差す。

騎士団に支給されている服の中でも、平時に着る簡易なものだ。

ギルバートは一時期騎士団に入って訓練を受けていた時期があり、退団した後も支給された服を返さず、城を抜け出すときの変装道具として持っているのだ。

髪の分け目を変え、帽子をかぶる。これで、変装完了だ。

変装に満足したギルバートは、人目につかないように部屋を出た。階段には見張りの衛兵が立っているので、使用人が主人の目障りにならないように仕事をする目的でつくられた隠し通路を使って一階まで下り、外に出る。そして、城の前庭で待つひとりの騎士団服の男のもとへと向かった。

「セオドア、待たせたな」

「殿下。本当に抜けてこられるとは。……まったく仕方ありませんね」

笑みを浮かべた男は、セオドア＝ニューマン。騎士団第二分隊の隊長だ。ギルバートにとっては五歳年上の幼馴染という間柄になる。騎士団長だった父親に連れられて昔から城に出入りしていて、幼いギルバートにとって、格好の遊び相手だった。

王城近郊の警備をする騎士団第一分隊とは違い、第二分隊は遠方地の災害に対応するため遠征がある。

セオドアは昨日、北の駐屯地から戻ってきたばかりで、今日の業務は報告のみ。午後からは休みだと知ったギルバートは、昨日のうちにセオドアを誘っていたのだ。

「せっかくセオドアが戻ってきたんだ。ちょっと抜け出して遊びに行くくらいいいだろう」

「べつに焦らなくても、しばらくは遠征の予定はありませんよ。それより、殿下は妃選びに忙しいのではないんですか」

「妃ね。……正直興味がないんだよな。着飾って、駆け引きを繰り返す女たちのどこがいいのだか、俺にはさっぱりわからない」

「美しい女性を我がものにしたいとは思わないんですか？」

「セオドアは思うのか？」

「私ですか？　そうですね。そりゃ男ですから、女性に興味はありますよ」

「そうか。では俺がおかしいのかもしれないな。女性の相手は面倒くさい。やれドレスの仕立てがどうだの、化粧がどうだの」

「つまり殿下はまだまだお子様だということですね」

「なんだと？」

からかわれて、ギルバートはセオドアを睨んだが、相手が昔からの兄貴分とあっては、効き目はほとんどない。セオドアはくすくす笑いながら「行きましょう。夜までには帰ってこないとあなたを捜す捜索隊が出てしまう」と歩きだした。


騎士団の所有する馬を二頭借り受け、ふたりは町の外に出て近くを野駆けした。

町と町をつなぐ街道を駆け抜けるだけだが、王城での窮屈な時間に比べれば、爽快だとギルバートは思う。まとわりつくような視線の代わりに肌をなでていくのは、緑の匂いを存分に含んだ風。空を見上げれば、雲と雲をつなぐように黒い鳥がまっすぐに飛んでいる。

馬と呼吸を合わせ、思いきり駆けることを、ギルバートは心から楽しんだ。

王太子である以上、自分の血族をつないでいく重要性は、父王から言われずともわかっているが、あそこまで女性との付き合いを強要されると、かえってやる気がなくなる。ギルバートは、元来強制されるのが大嫌いなのだ。

「旅にでも出たいな」

「お戯れを」

「セオドアはいいな。騎士団で自分の力を試すことができる。俺は、……このまま妃をもらって父上の補佐をしながら、国のために生きねばならない。二十歳を過ぎれば、もうわがままも言っていられないんだろうな」

セオドアとふたりきりで城の外に出たときだけ、ギルバートは本音を吐き出すことができる。

弟王子たちは、二十歳を過ぎると別の爵位を得て、自力で家を切り盛りしていかなければならない。王家の領地を継ぎ、国王となれるのは長男だけなのだ。ほかの人間からはうらやまれる立場だとわかっているから、ギルバートは城内では不満を漏らすことも弱音を吐くこともできなかった。

「殿下は、下級男爵家の私にも気さくに声をかけてくださる。公平で、国民の声に耳を傾ける、いい国王になりますよ」

「おまえには実力がある。俺は家柄がいいやつより能力のあるやつが好きなんだ。俺が国王になる頃には、そんな臣下が増えるといいと思っているんだが……。それより、この格好のときは殿下と呼ぶなと言ってるだろ。敬語もいらない。おまえと遊びに出ているときの俺は、〝ギル〟だ」

それはあと少ししか許されない息抜きだ。だからこそ、ギルバートはかたくなに愛称での呼び方を強要する。じゃあとセオドアは口調も改めた。

「わかったわかった。城に戻るまではおまえは〝ギル〟だったな。じゃあ行こう、ギル。今日は好きに走ろう」

セオドアは、ギルバートの横顔から、彼の精神的疲労を感じ取り、その後は彼の気がすむように自由に馬を走らせた。

そろそろ戻ろうかと、ギルバートが方向を変えたとき、突然草むらから野ウサギが飛び出してきた。馬は驚いて、前足を上げていなないた。

「危ない、ギル！」

ギルバートはバランスを崩し、馬からすべり落ちる。セオドアはすぐに馬を降り駆け寄ったが、彼を受け止めるまでには至らなかった。ギルバートは、上手に体を丸めて受け身をとったものの、地面に右肩を打ちつけてしまった。

「大丈夫かっ」

「いてて。ああ、でも大丈夫。頭は打っていない」

「それにしても……見せてみろ」

　袖をまくり右腕を確認すると、肩から二の腕にかけて赤く腫れている。セオドアは軽く押してギルバートの反応を確認した。

「折れてはいないが、熱を持ってるな。城に戻って治療したほうがいい」

「いいよ。父上にバレると面倒だ」

「そういうわけにもいかないだろ。……そうだ！　城下町にいい薬屋があるんだ。そこへ行こう」

「薬屋？」

　ギルバートの問いかけに、セオドアは自分のことでもないのに得意げにうなずいた。

「『グリーンリーフ』という名前の、家族でやっている薬屋だよ。遠征には毎回医師が随行できるわけじゃないから、試しに一度、そこで薬を買ってみたんだ。そしたらすごい効き目でさ。それからはたまに買いに行っている。痛み止めも、湿布薬もあるから、それで治療しよう」

「へぇ。気づかなかったな。そんな店ができていたとは」

「小さな店だよ。端のほうにあるんだ」

「おもしろそうだな、行ってみよう」

ギルバートの怪我は、そこまでひどいわけではなかった。馬にも自力で乗れたし、手綱の扱いも危なげない。けれど帰り道は、セオドアが先導する形でゆっくり町へと向かった。

城下町へ入り、グリーンリーフの前まで来て、近くの木に馬の手綱をつないだ。

木の風合いをそのまま生かした壁、板に手書きされた、いかにも自作風の看板。素朴な雰囲気が、ギルバートには好印象だった。

セオドアに続いて中に入った彼は、興味津々で店内を見渡す。カウンターがあり、その内側の壁はすべて棚になっていて、隙間がないほど籠がつめられている。窓際には木製のテーブル二脚と、それぞれを囲むように椅子が置いてあり、テーブルの上に置かれた丸い籠には、ワックス紙に包まれた飴玉が入っていた。

セオドアが躊躇なくそこに座ったので、ギルバートも向かいに座る。そして、飴玉をなんの気なく口に入れた。すると、外を走って乾いていた喉から、痛みがすっと消えていった。

「あれ」

「あ、ギル。おまえはなんでも口にするなよ」

「だってサービスで置いてあるんだろ？」

「そうだけど。おまえの場合は毒見をつけてからじゃないとまずいだろ」

王太子であるがゆえの特別扱いがギルバートには不快だ。

「〝ギル〟のときにそういうことを言うなよ。それより、この飴なんなんだ。喉の痛みがすっと取れたぞ？」

「グリーンリーフ特製ののど飴だよ。販売もしてる。……おーい、客だぞ」

なかなか出てこない店員にしびれを切らしてセオドアが声をかける。店の奥から出てきたのは、ダークブロンドの髪をポニーテールに結った快活そうな女性だ。

「あっ、セオドア様。お久しぶりです。すみません。お待たせしました」

女性のやわらかい笑顔に、ギルバートは目を奪われる。

「やあ、エマ。騎士団の同僚が怪我をしたんだ。治療したいんだが、いい薬はないかな」

「打ち身ですか？　それとも切り傷？」

エマはカウンターから出てくると、ギルバートの前に立ちぺこりと頭を下げた。

「初めてのお客様ですね。ようこそ。傷を見せていただいてもよろしいですか？」

はきはきとした耳馴染みのいい声。いきなり患部に触るわけでもなく許可を取ってくるような控えめさ。そしてなにより、最初に見せたさわやかな笑顔。

ギルバートは目の前の女性に好感を抱く。

「かまわないよ。……俺はギルというんだ」

「ギル様ですね。私、エマといいます。えっと。……うわ、赤黒くなっている。痛いでしょう、大丈夫ですか？」

「いや、平気だ」

ギルバートは自分の腕の痛みよりも、目の前の彼女の表情のほうが、よほど痛々しく感じた。彼女はすぐにカウンターに戻ると、塗り薬と小瓶を持ってくる。

「この塗り薬を、こっちの布に塗って患部にあててください。それとこっちは痛み止めです。食後に飲むお茶に一滴だけ加えて飲んでください。一日三回までです」

「お茶に？」

「ええ。飲みやすいようシロップにしています。飲み物に一滴入れていただければ、それで十分効きます」

「本当かな。今いただいてもいいかい？」

ギルバートは疑問をそのまま言葉にした。王城に勤めている医師の出す粉薬は、苦いし、あまり効かない。薬そのものをギルバートは信用していないのだ。

「でしたら、お茶をお入れしますね。ちょっとお待ちください」

エマは奥に下がると「ジュリア、手伝ってちょうだい」と呼びかけた。すると、もうひとり同じような髪色の女性が奥から出てくる。

「妹のジュリアです。今すぐ薬を飲みたいそうなの。お湯を沸かしてきてくれる？」

「いらっしゃいませ。……わかった。ちょっと待ってて」

ジュリアはぺこりと頭を下げると、また奥に戻っていき、しばらくすると湯気の上がったポットとティーセットを持ってきた。エマが受け取り、待っている間に店の棚から選別していた茶葉をポットに入れ、しばらく蒸らしてから入れた。

そして、座っているふたりの前に差し出す。

「セオドア様はそのままお飲みください。ギル様には、これを一滴」

小瓶から落ちた滴が、水面に波紋を描く。エマはそれをゆっくりとかき混ぜた。

「どうぞ」

ギルバートは半信半疑ながらひと口すすった。

喉を通る間に、温かさが体中に伝わっていく。ジンジンと痛んでいた肩の感覚が徐々に薄らいでいき、顔をしかめるような痛みは消えた。その間、ほんの数分だ。

「……すごいな。なんだこりゃ」

「効いたでしょう？　でも薬で痛みを感じなくなっただけなので、無理はなさらないでくださいね。それと、全身、痛みの感覚が鈍くなっています。これを飲んだ後は、訓練などはなさらないでください。怪我をしても気づきにくくなります」

「な、すごい効き目だろ？」

セオドアが片目をつぶる。

すごいどころの騒ぎではない。まるで魔法のような効き目だ。ギルバートは驚きで口もきけなくなっていた。

「さ、そろそろ戻ろう、ギル。ゆっくりしすぎた」

夕方六時の鐘が鳴っている。グリーンリーフも閉店の時間だ。あと一時間もしたら、王城への跳ね橋も上げられてしまう。

しかし、ギルバートはなぜだか名残惜しく、立ち去りたくない気持ちのほうが強かった。この不思議な薬についてもっと教えてほしかったし、なにより笑顔のかわいい彼女ともう少し話がしたかった。

「ええと、支払いを」

「俺がしておこう」

セオドアが支払いのためにエマを呼ぶ。ギルバートはその間もじっとエマを見つめていたが、彼女は銀貨を確認することに没頭している。

「先ほどこの飴を舐めたんだが……」

ギルバートは大きな声で呼びかける。思惑通りにエマの瞳が自分のほうを向いただけで、優越感に似た不思議な感情が湧いてくる。

「ああ、のど飴ですね。どうでした？」

「苦いな」

「えっ」

エマが信じられないというふうに目を丸くするので、ギルバートはおもしろくなって笑ってしまった。

「はは。嘘だよ。うまいな。少しいただいてもいいか」

「なんだ。……でしたらもう閉店ですし、サービスしますよ」

エマは籠に残っていたのど飴を紙袋に入れ、ギルバートに渡した。

「どうぞ」

「ありがとう」

小さな袋を受け取るとき、ふわりとエマの香りが鼻をかすめた。城で出会う女性たちとは違う清々しい香りだ。ギルバートの胸の奥でカチリと音が鳴る。心の中にある、鍵がかかりっぱなしだった扉が開いたような気がした。

彼女はギルバートの目をまっすぐに見て、「お大事に」と笑った。

店を出たギルバートとセオドアは、馬にまたがり一気に王城まで向かった。門をくぐり、厩舎《きゅうしゃ》に馬を返す。いつも息抜きの終わりには肩を落としているギルバートが口もとを緩めているのが、セオドアには不思議に思えた。

「どうしたんだ、ギル。……いや、ギルバート王太子殿下」

王城に戻れば、ギルバートはこの国の今後を担う王太子だ。口調を改めて問いかけたが、答えるギルバートはまだ〝ギル〟のときの顔だった。

「エマ、か。かわいい子だったな」

「ちょ……、女性に興味はないって言ったばかりじゃないか……いや、ないですか。いくら気に入っても、平民相手では国王が許しませんよ」

セオドアの苦言を、ギルバートは聞いていなかった。

ギルバートが知っている女性の笑顔は、あんなふうに目尻にしわが寄るものではない。口もとは扇や手で隠し、控えめにうつむきながらこちらをうかがうものだ。

エマの、こちらの悩みまで吹き飛ばしてくれそうな笑顔は、疲れきったギルバートの心を一気に惹きつけた。

薬の小瓶と塗り薬、そしてのど飴の入った小さな袋を、うるさい従者に見つからないよう上着でそっと隠した。


翌日もグリーンリーフは大盛況だ。

「エマ、咳の薬あるかい？」

「頭が痛くて死にそうだよ。エマ、助けておくれ」

「はい。ちょっと待っててくださいね」

次から次へと訪れる客に、エマはいっぱいいっぱいになりながらも対応する。必要に応じて処置をし、薬を販売する。そして最後は笑顔で見送るのだ。

「無理しないでね。一番の薬は休養なんだから」

「ありがとよ。助かった。魔法みたいな薬だよ、本当」

喜んで帰っていくお客を見送りつつ、エマは内心の動揺を抑える。

薬が効くのはいいことなのだが、【魔法みたいな薬】という文言を聞くと背筋が冷える。そのたびに、魔女だとバレたのではないかと心配になってしまうのだ。

「やっと波が去ったねー」

ジュリアが、新たにつくられた薬を持って売り場にやって来た。

「そうね。最近本当に忙しいわ」

ため息をついたそのとき、エマの耳は小さな鳴き声をとらえた。

「ごめん、ジュリア。ちょっと店番頼めるかな。バームが戻ってきたかもしれない」

店をジュリアに任せ、エマは急いで裏庭に行き、空を見上げる。青い空に、黒い影。だんだんと近づいてくるそれは黒の体に白と青色の美しい羽根を持つマグパイだ。

エマがピィッと口笛を吹くと、呼応するように鳥は高度を下げ、旋回しながら近づいてくる。バームはひと鳴きしてからエマの腕に止まった。

「バーム、お帰り」

「ただいま。すっごく疲れたよ。お水ちょうだい」

「ええ、中に入りましょう」

エマはバームを腕にのせたまま、店の中に入る。

「みゃーん」

裏口の入口で、二匹の猫が遊んでいる。ベティとジュリアの使い魔だ。

魔女の使い魔は猫が多いが、人によっては変わった動物を使い魔にすることもある。最たるものがジョンの使い魔で、モグラだ。エマのように鳥の使い魔を持つ魔女はいないわけではないが、その場合、種類はフクロウのような夜行性のものが多い。マグパイのような巷にあふれている鳥が使い魔になることは珍しく、伝達に便利なため重宝されている。

　エマは家の中に入り、バームにレモンバームを浮かせた水を与える。

「元気が出るわよ。あなたの名前のハーブ水よ」

「ああうまい」

　バームは何度もお皿にくちばしを突っ込み、水を飲む。ようやく落ち着いたところで、くちばしを体に突っ込んで一本羽を抜き出した。それは彼の羽の色——白、黒、青のどれでもなく、銀色にキラキラと光っていた。

「クラリス様から伝言を預かって来たよ。ジョンとベティを呼んで」

「わかったわ」

　エマが店のほうに向かい両親を呼ぶ。その間の店番はジュリアだ。

「クラリス様からの返事ですって？」

　ベティがジョンを引っ張るようにしてやって来た。バームはふたりがそろったのを見ると、抜いた羽をふっと空に投げた。

　キラキラと光がこぼれ落ちるように、きらめきながら羽が空気にとけていく。と同時に、クラリスの声が聞こえてきた。

『王城での仕事の件、受けましょう。エマを派遣するように。くれぐれも、秘密がバレないように気をつけて』

自身も魔力を持つバーム独自の伝達方法だ。魔力を使って、伝言を声で再現することができる。もちろん、聞き取れるのは魔力を持った人間だけだが。

それよりもエマはクラリスからの返答に驚いていた。

「ええーっ！　母さんじゃなくて私なの？」

エマも薬づくりはするが、普段薬をつくっているのはベティだ。いきなりひとり立ちしろと言われても不安しかない。

「まあ、エマなら二十歳にもなったし、薬づくりも上手よ。ひとりでも大丈夫じゃないかしら。……どちらにせよ、キンバリー伯爵の話は断れない。クラリス様もこう言ってくれているんだし、従うしかないわ」

「嘘でしょう？　父さん。本当に私が？」

「まあ、クラリス様が言うならなぁ……。なあに、王城勤めっていったって、ここから目と鼻の先じゃないか。それにおまえにはバームがいる。困ったらバームでやりとりできるんだ。おまえが選ばれたのはきっとそのためだよ」

たしかに、使い魔が猫だとしたら連れていくわけにいかないが、鳥ならば連れていかずとも出入りが可能だ。とくにマグパイは国中でよく見られる鳥だから、どこにいたって違和感はない。

「……嘘ぉ、ひとりでやれっていうの？　……そんなぁ」

「ひとりだなんて言うなよ。僕が守ってやるって」

得意げに胸をそらし、カッコいいセリフを吐くのはバームだ。

エマだってその気持ちはうれしい。頼もしくないとも言わない。だけど、その小さな体ではできることは限られているではないか。

「なっ」

羽を広げて気取ってみせるバームに、エマは頭を抱えたまま投げやりに返事をした。

「はいはい、ありがとう、バーム」

「こら、もっと感謝しろよ！」

バームはムッとしたように彼女の髪をくちばしでつついた。

薬の効果をお試しください

あれよあれよという間に、グリーンリーフの王城出張販売の話はまとまった。

王城は城下町より一段高い丘の上にあり、周囲には堀が巡らされている。敷地は、四ヵ所に見張りの尖塔がついた城壁で囲まれ、入り口は跳ね橋のみ。中は大きく庭が広がり、正面に石造りの王城、西側に厩舎、東側に騎士団のための詰め所や訓練場があった。

その日、エマはグリーンリーフまで迎えに来たキンバリー伯爵家の馬車に乗って、城門をくぐった。

「私はチャンドラー＝クックと申します。チャンドラーとお呼びください」

使いの男はそう名乗ると、エマを城の一階、東端まで連れてきた。

「建物の裏口を抜けて外に出ると、すぐに騎士団の詰め所と訓練場がございます。裏口に一番近いこの部屋が城付きの医師の部屋です。医師は怪我の絶えない騎士団員の面倒を見ることが多いので、ここに部屋を置いております。治療室もその隣です。あなたの薬室は、その向かいの部屋になります」

エマは説明を聞いて青くなる。

エマは平民だ。本来なら、王城に住まうことなどできない身分なのである。対して王城付きとなる医師は他国に留学して医療技術を身につけてきたエリートなのだ。こんな町娘が同列に扱われると知ったら反感を買うのは間違いない。

不意に前の扉が開いて、くだんの医師が出てくる。緋色《ひいろ》の長衣《ながぎぬ》を着て髪をしっかり帽子の中にしまい込んだインテリ風の三十代の男性は、エマを見るなり猜疑心《さいぎしん》をあらわにした視線を向けた。

「は、初めまして。私、グリーンリーフのエマと申しま……」

「ああ。どこの馬の骨ともわからぬ薬屋か。ふん、私の患者たちに変なものは与えるなよ。とくに国王様をはじめ王族には絶対処方するな。君が相手をするのは、メイドや馬番だけだからな」

「はあ」

どこかに行くために出てきたのだろうに、医師はまた部屋の中に戻ってしまった。

エマはいたたまれない気分になる。

チャンドラーはエマを励ますこともなく、さっさと扉の鍵を開ける。

「では薬室を確認しましょう。さあ、どうぞ」

「ありがとうございます。……わあ」

　中を見て、エマは思わず歓声をあげた。壁一面に棚があり、一ヵ所だけ明かり取りの窓がある。手前には大きな作業台があり、奥に注文客が待つためのソファも置いてある。続き間もあり、そちらは寝室になっていた。簡素だがベッドが置かれていて、大きな窓から外が眺められる。

「裏口を出て左の壁沿いに水場があります。騎士団と共用の水道施設になりますので、ルールを守って使ってください。湯を沸かしたいときは、二部屋隣の厨房に頼んでください。その隣の食堂は、主に使用人が使います。あなたも食事はそこで取ってください」

「はい」

「薬づくりに必要だと言われたものはすべて棚に収まっています。ほかに不足があれば私におっしゃってください」

「ありがとうございます。チャンドラーさんを呼び出すときはどうすれば……」

「門番に言づけてください。私は貴族議会に出席するキンバリー伯爵について毎日のように城に来ておりますので」

「わかりました」

「キンバリー伯爵は、あなた方の薬に期待しておられます。がんばってくださいね」

「はい」

チャンドラーは言うだけ言うと、出ていった。

キンバリー伯爵の要請でここに来たというのに、伯爵本人が顔を出さないことに、エマは驚いたが、高貴な人の平民への扱いはそんなものなんだと思って納得した。

ひとりになったエマはホッと息をつき、持ってきた鞄を、ベッドのわきに置いた。

（これからここが私の城だわ）

寝室の窓は大きく、バームが出入りで困ることはなさそうだ。エマはさっそく窓を開けて新鮮な空気を入れた。近くに緑の葉っぱが茂った木が幾つかあり、水場には休憩中の騎士団員が集まっている。

（男の人が多いのがちょっと気になるけど。まあ覗きをするような人もいないわよね）

なんといっても騎士団員なのだから、紳士に決まっている。

それにしても、とエマは身震いをした。豪華な城だが、石造りのためか空気が冷たい。床にカーペットが敷いてあるのに、足先から冷えが伝わってくる。木のぬくもりがある家に住んでいたエマには、慣れない寒さだ。

続き間との扉を開けたまま、エマは薬室のほうに向かう。そして、薬の材料を確認した。干した薬草、木の実、糖蜜、果実酒。すりこぎと消毒用の酒、それに、煮つめるためのアルコールランプ。ひと通りそろっているのを確認した後は、自分で持ってきた調合済みの薬を棚に並べる。使うことが多い、栄養剤と風邪薬、痛み止め、睡眠薬、それに塗り薬を幾つか。身の回りが整ってようやく、ここが自分の居場所なのだと実感できてホッとした。

「ひとりなんて不安だけど、大丈夫よね、きっと」

「僕を忘れてもらっちゃ困るね、エマ」

聞き慣れた声に寝室を覗くと、バームが窓の桟のところに止まっていた。

「バーム」

「君はひとりじゃないよ。いつだって僕がそばにいる」

「そうね。ありがとう、頼りにしてる」

「困ったらすぐ呼んで。とりあえず縄張り争いで勝たないとね、君の近くにいられなくなっちゃうから」

バームは羽をひらりと広げてみせる。鳥社会もいろいろとルールがあるらしい。

バームのこれまでの縄張りは城下町周辺だったのだから、これは縄張り荒らしになるのではないか?と思ったが、バームがそばにいてくれる安心感はエマとしても欲しいところだ。

「怪我しないで。それから相手にも怪我させないでね。私たちのほうが後から乗り込んできたんだから」

「円満かつ平和的に解決するつもりだよ。僕のほうはね」

しかし、ギュルッギュルッ、という威嚇《いかく》するような鳴き声があたりから響いてくる。

「ほうら、お呼び出しだ」

なんてことないような態度で、バームはすぐに飛び立っていった。

ギルバートは、ここ数日、城の中に異変を感じていた。使用人たちの表情がいつもより明るいのだ。

いつもはギルバートが通るといっせいに静まり頭を下げるのだが、今日は話に夢中で本当に近くに行くまで、気づかずにいる不敬なメイドもいた。

「すみません。ギルバート様」

「いいや。なにか楽しいことでもあったのか？」

ギルバートは気さくなタチだ。気が向けばメイドだろうが掃除係だろうが話をする。返事がもらえると思っていなかったメイドは、顔を真っ赤にして答えた。

「新しいお店のことでつい夢中になってしまいました」

それを聞いて、ギルバートは城下町のグリーンリーフを思い出す。

もう一度行きたいと思いながらも、口実をつくれずにいた。だが、城下町に新しい店ができたなら、それを覗きに来たついでに、寄ってもおかしくはないのではないか。痕も残らず怪我が治った礼を伝えに寄ったと言えば、顔を出す理由になる。

ようやく思いついた口実に、ギルバートはすっかり乗り気になり、三階の自室に急いだ。

「ギルバート様？　お急ぎでどうなさいました」

従者のリアンが部屋の前にいたので、適当に所用を言いつけて追い出す。そしていつもの変装用の騎士団服に着替え、一階まで使用人通路を通って下りた。

あの娘にもう一度会えると考えただけで、不思議と心が沸き立っている。

ギルバートは、セオドアを付き合わせようと、騎士団の詰め所に抜ける裏口を足早に通り過ぎようとした。そのとき、ふと医師の部屋の向かいが改装されているのに気づいた。

「あれ？　ここにこんなものあったかな」

扉を見れば、看板がかけられている。

【出張・グリーンリーフ。お薬販売しています】

「……グリーンリーフ？」

これから行こうとしていた店と同じ名前に、ギルバートは思わず、扉を開ける。そして、見たいと思っていた笑顔がそこにあることに、驚きを隠せなかった。

「いらっしゃいませ。……あれ？　あなた。前にお店に来てくださった。……ええと」

「ギルだ」

「そう。ギル様。あれから怪我はどうですか？」

「もうすっかりいい。痕も残っていない。……見るか？」

「はい、確認しますね。失礼します」

エマが近づいてきて、ゆっくりとギルバートの袖をまくり上げる。触れられてもなお、ギルバートはまだ半信半疑でエマを見つめた。感触があるから幻ではない。しかし、状況が掴めない。ギルバートは半ばパニックだったが、エマは目の前の傷跡の確認に夢中になっている。

「うん。綺麗になっていますね。痛みもないですね？」

「ああ。……ところでどうしてここに？」

「あら？　聞いておられないですか？　城内で薬の需要が高まっているので、この一室を使って販売するようにとのお達しです。騎士団の方にはもう伝わったと思っていました。この間、セオドア様も来てくださったし」

ギルバートは思わず舌打ちする。セオドアが教えてくれなかったことが恨めしい。

「ギル様は何隊に所属なんですか？　それとお名前、……ごめんなさい。きっと愛称ですよね。ギルバート様でいいのでしょうか。王太子様と同じお名前なんですね」

「いや、俺はギルだ。それに、ギルバートなんて名前はたくさんある。王子が生まれた年はあやかって同じ名をつける親も多いし」

「そうですね。城下町の近所にもたくさんいました」

「そう……だな」

自分から言い出したのに、彼女の知る〝ギルバート〟は自分が最初じゃないことにムッとしてしまう。そんなくだらないことで気分を害する自分が気恥ずかしい。

「ところで今日はどんなご用件ですか？」

患部の確認を終え、かしこまって言う彼女は完全に仕事モードだ。

ギルバートは若干うろたえつつ、「いや、通りかかったら知った名前があって。……驚いて」ともごもごと続ける。

「週末はお休みしますが、平日はここで薬を販売します。症状によっては処方もしますので、困ったらいつでもいらしてくださいね」

にっこりと笑うエマに、ギルバートは思わず口に出してしまった。

「君のお茶は、どうやったらいただける？」

エマがきょとんとギルバートを見上げる。控えめな貴族の令嬢は目を合わせることはない。気の強い令嬢はもっと勝気で誘うような瞳を向けてくる。そのどちらでもない、目を丸くしたエマの表情は、ギルバートの口もとを緩ませる力があった。

「君が入れてくれるお茶が飲みたいんだが」

「は、はい！　いいですよ。今入れますね」

「急いでいない。……ソファに座っても？」

「もちろんです。ギル様はお客様ですもの」

お湯を取ってきます、と慌てて部屋を出ていくエマを見送ってから、ギルバートは少しふて腐れたようにあたりを見回した。

「……優しいのは客だからか。ってあたり前だ、ここは薬室なんだし」

ぐしゃぐしゃと頭をかきむしりながら、こんなことで動揺している自分にギルバートはあきれた。ではどう扱われたら自分は満足するのかと心に問いかけても答えは思いつかない。

そのうちに、エマがお湯をポットに入れて戻ってきた。

「ギル様、最近困っていることはありませんか？」

「困りごと？　……そうだな、父上がうるさくてちょっと面倒だなと思ってはいる」

「では、気分がすっきりするお茶を出しますね」

エマは棚から茶葉を取り出している。ギルバートが興味深く見つめていると、照れたように笑って「そんな難しいものじゃありません。ハーブティーです」と言う。

そして出されたお茶は、柑橘の香りがするオレンジ色のお茶だった。

「うまい」

「よかった」

「これは売り物か？」

じっと見つめても、エマは笑顔を崩さない。ギルバートのほうが気恥ずかしさに目をそらしそうになる。

「城下町の店では売っていますがここでは売っていません。今日はサービスしますね」

「ここに店を開けと言ったのは誰だ？」

「キンバリー伯爵様です。栄養剤が今人気なので、主にそちらを販売するようにと」

「お茶も売ればいいのに。だが、ひとりで切り盛りしているのか？　ここは騎士団の詰め所も近いし、女ひとりでは危ない」

「大丈夫です。騎士様たちは紳士ですもの。危険があったら守ってくださいますわ」

彼女ののんきな様子に、ギルバートは思わず、その屈強な男たちが危ないのだ、と心の中でつぶやく。エマのような年頃の女性がひとりで、出入り自由な部屋にいるのは、襲ってくれと言っているようなものだ。

「護衛をつけてやろうか」

「薬屋に護衛なんて必要ありません」

「だが。……いや、わかった。なあ、俺は君の茶が気に入ったんだ。金はいくらでも払うから、毎日茶を飲みに来てもいいか？」

「え？　でも。茶葉をお分けしましょうか？　ご自分で簡単に入れられますよ」

「いや。君の入れた茶がいいんだ」

これは彼女の身の安全を確認するためだ、とギルバートは自分に言い聞かせ、前のめりになってエマの手を握る。自分が一番彼女に邪な感情を抱いていることは、この際わきに置いておく。

「え、えと」

エマの頬がさっと赤く染まり、困ったように眉をひそめた。初めて見る表情に、――困った表情だというのに、ギルバートの胸はときめく。

そのとき、明かり取りの窓から「クロッ、コロ」と鳥の声がした。

「うわっ、なんだ？」

「あ、バーム。……マグパイです。鳥が懐いてたまにやって来るんです」

「マグパイが懐くか？」

エマはホッとしたように、ギルバートの手からすり抜けて、明かり取りの窓を開けた。その窓は、警戒心の強い野生の鳥が入ってくるような大きさではなかったが、マグパイは隙間に頭を突っ込んで部屋の中に入ると、棚の上に止まって居丈高《いたけだか》にギルバートを見下ろした。

「……なんかムカつくな」

本能で挑戦的な空気を感じ取り、ギルバートはマグパイを睨む。鳥はどこ吹く風で、小馬鹿にしたように「コロックルー」と鳴く。

「いい子ですよ。バームおいで」

エマに呼ばれて、鳥は彼女の肩に止まってまたひと鳴きした。

ギルバートは驚いた。肩に鳥をのせる行為は、男でも鷹狩りをする人間しかしない。女性ならば恐怖を感じて近づきもしないのが普通だが、彼女は全然平気な様子で、むしろ、親しいものと話すときのような屈託のない笑顔を鳥に向けている。

ちりり、と胸がきしむ音をギルバートは聞いた。自分が、鳥に負けたような気がしてしまったのだ。

「……また来る。なにか困ったことがあれば、俺に言うんだぞ」

「ありがとうございます。ギル様」

「その、仰々しい話し方もやめてくれないか。ギルと呼んでくれ」

「では、ギル。……本当は、王城に店を出すなんて怖くて仕方なかったんです。知った人がいてくれてうれしい」

エマのホッとしたような表情に、心臓が射ぬかれたような衝撃を受け、先ほどまでの不満が一気に吹き飛んだ。ギルバートは照れ隠しに背中を向けて、「じゃあ」と短い言葉を投げて扉を閉めた。

胸のドキドキをごまかしたくて、ギルバートは騎士団の詰め所までの道を一気に走り抜けた。


「なんなんだい。あいつ」

「ギル様よ。前に、肩を怪我して城下町の店に来てくれたの」

バームの問いかけに、エマはお茶道具を片づけながら答えた。

前に店に来たときから、カッコいい人だと思っていた。凛々しい眉としっかりした体つきから怖いのかと思えば、笑った顔は優しい。きっと騎士団でも有望な人なんだろうと想像を膨らませていたのだ。

(騎士団の人だからいつかは会えるかもって思っていたけど、まさかこんなに突然……)

予想外の再会は、エマの胸を熱くしていた。

「私のお茶、飲みたいって言ってくれたわ」

浮かれた調子でエマがつぶやくと、バームが水を差すようなことを言った。

「社交辞令だよ」

「そんなことないわ。お茶……喜んでくれたもの」

「エマは世間知らずだな。男はエマみたいな子を常に狙ってるんだぜ。危ないったらありゃしない。僕が見張っていてやらないと」

「バーム。そばにいてくれるのはうれしいけど、お城の貴族様は部屋に鳥がいるのをよく思わない人もいるの。あまり見えるところに出てきちゃダメよ」

「わかってるって。この部屋が覗ける位置に木があるから、そこから見てるよ」

「縄張りとか大丈夫なの？」

「ちゃんと解決してあるよ。……話し合いでね」

それ以上の追及を避けるようにバームは小窓の桟に飛びのる。

ごまかそうとするあたり、どうせまた喧嘩をしたのだろう、とエマは思った。バームは男気あふれるのはいいのだがどうにも喧嘩っ早い。

「エマはうぶなんだから、変な男にひっかかるんじゃないぞ！」

まるで保護者のようなことを言って、バームは部屋を出ていく。

（なによ。ちょっとくらい、ロマンスを期待したっていいじゃない）

なんといっても、エマはもう二十歳なのだ。人並みに結婚への憧れはあるし、男の人と話せば胸がときめくことだってある。ましてギルはエマが今まで出会ったどの男の人より、カッコいいのだから。

だけど、それが叶わない願いだということも、頭ではちゃんとわかっている。

ひた隠しにしている〝魔女〟の血筋。秘密を持ったまま、結婚なんてできるわけがない。

（どうせ、騎士団の人たちは貴族様がほとんどだもの。私なんかには手の届かない人たちだわ）

それでも、育つ気持ちは自分では止められない。顔を見るだけで胸がときめき、気持ちがふわりと浮き上がる。また会えるかもしれないと思うだけで、明日が待ち遠しくなる。絶対に叶わない片思いでも、恋をしている間は幸せだ。

外では騎士団員たちの訓練が始まったようで、そろって剣技の型の動きを練習している。エマは、水場に出入りする合間に何度か覗いたが、ギルの姿を見つけることはできなかった。

ギルバートはその日、訓練が終わったら部屋に来るようにセオドアに告げていた。

そして、部屋の扉がノックされると、相手が開けるよりも先に、自ら扉を開けた。

「お、おお。これはお出迎えありがとう……ございます？」

「変な挨拶はいい。早く入れよ」

「どうしました、殿下」

「彼女がいた」

ギルバートが頬を赤く染めたのを見て、セオドアは一瞬眉をひそめる。

「……エマのことですか？」

「そうだ。セオドア！　おまえ知っていたんだろう。なぜすぐ教えなかったんだ」

「あなたが夢中になったら困るからですよ」

スパッと言いきられて、ギルバートは目をぱちくりとさせた。

「なぜ困るんだ。彼女はいい子だ。薬の知識も豊富だし、一緒にいると楽しい。心が浮き立つんだ。こんなのは初めてだぞ?」

「彼女はただの薬屋です。あなたの恋の相手にはなり得ないし、遊びで付き合うには純粋な娘です。戯れはやめてあげてください」

セオドアの真剣な瞳に気おされて、ギルバートは一瞬怯《ひる》んだ。しかし、気を持ちなおしたように顔を上げ、まるで自分にも言い聞かせるように続ける。

「べつに……そういうんじゃない。ただ、薬の話はおもしろいし、あの子は茶を入れるのもうまい。……いいじゃないか。ほんの少し気晴らしがしたいだけだ」

「あのですね、あなたが気晴らしだと言い張っても、周りはそう思わないんですよ?」

「大丈夫だよ。彼女のところに行くときは変装していく。騎士団の一団員が薬をもらいに行くのはべつにおかしいことじゃないだろ」

食い下がるギルバートに、セオドアはため息をつく。敬語をやめ、あえて愚かな弟をたしなめる兄のような口調で言った。

「そんなの……すぐにバレるに決まっている。城下町の平民ならば王族を近くで目にする機会はないだろうが、城に仕えた以上はなにかの折に王太子を見かける機会も出てくるだろう。そのときに騙されていたと気づいたら、彼女がどう思うと……」

「うるさい！」

　怒気を含んだ鋭い声に、セオドアは肌がひりつく感覚がした。ギルバートが今まで見たことのないような険しい顔をして睨んでいる。しかし話しているうちに、その表情は懇願へと変わっていった。

「うるさい、うるさい。……わかっているよ。俺が言っているのは戯れなのかもしれない。だが、戯れができるのも二十歳になるまでだ。今だけでいい、俺を王太子だと知らない彼女と話がしたいんだよ……」

「ギル……」

「ただの〝ギル〟でいたいんだ。あと少しだけだ」

　それは普段城でギルバートが見せることのない必死の声で、常々彼の苦悩を知るセオドアはそれ以上強くは言えなかった。

「わかりました。二十歳の間までの遊びだと約束してくださいますね。であれば俺はなにも言いません」

「わかった」

「では失礼します」

セオドアとギルバートの間にぎこちない空気が流れたまま、セオドアは彼の部屋から退出した。


セオドアは武骨な男だ。小さな頃から弟とともに騎士団に見習いとして出入りし、生まれ持った大柄な体格と日々の訓練をけっして怠らない実直さで、みるみる力をつけていった。二十四歳という若さで第二分隊の隊長となったのも、彼がそれまで騎士としての訓練にまい進してきたからである。

逆にいえば、セオドアはそれ以外のことが得意ではない。とくに恋愛に関しては初心者もいいところだった。

貴族の令嬢から見れば、逞しすぎるセオドアは怖いとさえ思える風貌をしているし、父親のニューマン男爵《だんしゃく》も騎士として名を上げた人物であまり社交が得意ではない。縁談の話は浮上しては消えていくといった状態だった。

だから、セオドア自身、その手の話題にどう対応したらいいかわからない、というのが本音だ。

王太子が平民の娘に恋をしているとすれば、家臣としても親友としても見過ごすわけにはいかない。しかし、遊びだというならば……。

セオドアは頭を悩ませる。

エマだって通われれば気持ちが傾くかもしれない。なにせギルバートは男のセオドアから見ても均整の取れた美男子なのだ。王太子の遊びで、善良な女性が傷つくのは、男として見過ごすわけにもいかない。

「きゃっ」

頭がいっぱいだったセオドアは、軽い衝撃とともに落とされた小さな声にハッと我に返った。見れば美しい令嬢が目の前で尻もちをついている。

「こ、これは失礼した。考えごとをしていて」

手を伸ばすと、彼女はおずおずと彼の手のひらの上に手をのせた。

自分が触ったら、それだけで折ってしまうのではないかと思うほど、細い手首。その白さと触れた瞬間の肌のなめらかさに、セオドアは思わず驚く。

「すみません。私も考えごとをしていて前を見ていませんでしたわ」

彼女を立ち上がらせようと、セオドアは握った手を軽く引っ張った。たいして力を入れていないのに、彼女の体は簡単に引き上げられる。と同時にバランスを崩してふらついたので、セオドアは彼女の腕を掴んで支えた。

「どこか痛みはありますか？」

「大丈夫です。さすが騎士様ね。私がぶつかってもびくともしないんですもの」

「本当に申し訳ない。あなたは……」

「ヴァレリア＝マクレガーです」

セオドアはハッとする。マクレガー侯爵家の令嬢は、騎士団の中でもまるで妖精の姫のようだと噂され、もてはやされていた。実際に本人を見て、そのはかなげな美しさが人のものでないと評されることにも納得がいった。

「マクレガー侯爵のお嬢様でしたか。失礼しました。私はセオドア＝ニューマン。ニューマン男爵家の長男です」

マクレガー侯爵は、王家の遠縁にあたる。家柄的には国王家に続く名門で、毎週の舞踏会にも必ず出席しているはずだ。

「セオドア様ですね。今後は気をつけますわね。私ったらぼうっとしてしまって」

「侯爵家のお嬢様が侍女もつけずに歩くなんてどうされたんですか？」

「侍女には内緒で散歩していたんですの。その、考えごとをしたくて」

ヴァレリアの口から出るため息は薔薇《ばら》の花でも生み出しそうだ。

間近で見ると彼女の美しさは噂以上だ。セオドアの心拍数がみるみる上がっていく。

「お部屋までお送りしましょうか」

セオドアの申し出に、ヴァレリアは目をぱちくりさせる。

「あ、いや、ふらちな考えで言っているわけではなくてですね。私みたいな筋肉の塊とぶつかったんですから、あなたには相当の衝撃があったのではないかと思って。今はわからなくても時間が経って痛みが出ることもあります。あ、薬なら、詰め所に向かう裏口の手前にあるグリーンリーフがおすすめですよ。ご存知ですか、最近できた薬屋なんですが」

焦りとともに一気にまくし立てる。

その間にヴァレリアは瞬《まばた》きを一度しかしていない。見つめられていることに焦りを感じ、セオドアはどんどん早口になっていく。

「……聞いたことがあります。キンバリー伯爵様が連れてきた薬屋があると。私の侍女が、気に入って通っているようです」

「そう、そこです。騎士団の間でも大人気で」

「……でもお薬で私の悩みはなくならないものね」

寂しそうにぽつりとつぶやいて、ヴァレリアが苦笑する。その可憐な姿に、セオドアの頭はますます熱を帯びていった。

「では……」

と歩きだしたヴァレリアの背中に、「あのっ」と思わず呼び止める。

「はい?」

「もしも悩みがあるのならば、わ、私でよければ相談に乗りますすよ。ええ。いつでも」

「騎士様が? 私の相談に?」

問い返されればたしかにお門違いな申し出をしていると思えて、セオドアの顔が真っ赤になる。しかし、ヴァレリアの返答は予想と違ったものだった。

「……そうね。お話を聞いていただきたいわ。どこか、人目につかない場所はないかしら」


「すまないが、少し奥のソファを貸してもらえないだろうか」

突然の申し出に、エマは呆気に取られ、すぐに返事ができなかった。

真っ赤な顔をしたセオドアが大きな体で扉をふさいで、拝むように手を合わせている。薬室は広く、処方は作業台でできるので、ソファを使われても支障はない。

「女性とふたりきりで話して、人の噂になっては申し訳ない。ここならばエマも常にいるし、誰かが来ても薬の処方だと思うだろうし……」

顔を赤らめたままくし立てるセオドアのうしろには、思わずため息を漏らすほど美しい令嬢がいた。

「かまいませんけど、……何事でしょうか」

「ちょっとした悩み相談だ」

「はあ」

女性はエマににこりと笑みを見せると、中へしずしず入っていく。

（まあ、……いいか）

ちょうど客が途切れているタイミングで、エマ以外に誰もいない。ふたりがソファに座ったのを確認してから、エマはできるだけ離れた場所に椅子を置き座った。

「エマは信用できる娘です。さあ、お話しください、ヴァレリア様」

「そうですわね。でも、えっと、どうお話しすればいいのかしら」

エマが見たところ、ヴァレリアはついては来たものの戸惑っている様子だ。緊張をほぐすには、きっかけが必要だと思い、エマはお茶を入れることにした。

エマが用意している間、ふたりは沈黙を持てあますように目を合わせたりそらしたりを繰り返している。

「どうぞ。リラックス効果のあるお茶です」

目の前に置かれたティーカップに驚いたように、ふたりは顔を上げた。

「難しいお顔では何事もうまくいきませんよ。まずは笑ってくださいませ」

「あ、ありがとう」

「すまんな、エマ」

「いいえ。温まりますよ。どうぞ」

勧められるままひと口含んだヴァレリアは、豊かな香りと適度な苦みに、ほう、と息をつく。

「……おいしいわ」

「そうだな、うまい」

同意したセオドアを見て、ヴァレリアはようやく顔を綻ばせ始めた。

「あの……誰にもお話ししたことはありません。言っても叱られるだけですし」

「俺たちは叱ったりしませんし、秘密も漏らしません。なあエマ」

「は、はい、もちろんですっ」

半ば強制的に仲間に入れられた感じはあるが、とりあえずエマも同意する。

真顔でうなずくセオドアに、ヴァレリアは意を決した様子で、話し始めた。

「実は、……王太子様のことなのです」

ヴァレリアは手を組んでもじもじとしている。

「私、お父様に、王太子妃になるようにと言われています。でも王太子様は私には興味がないんです。お父様にはもっとがんばって王太子様の気を引くようにと言われたけれど、いったいどうすれば気にしてもらえるのかも、どんな話なら楽しんでもらえるかもわかりません」

「……あなたみたいな控えめで美しい女性は、なにもしなくとも相手のほうから寄ってくるでしょうに」

セオドアは信じられない、といった様子だ。

エマも思う。薬屋としていろいろな客を見てきたが、これまで出会った人の中でも一番の清楚系美人だ。

「そうなのでしょうか。きっとつまらないのですわ、私のような女は。王太子様とは、全然話が続かないのです。私の知っていることは、社交界の噂やドレスの仕立て屋についてくらい。王太子様はそのどれにも興味を示されません」

「ギ……王太子様は贅沢だ。あなたのような美しい女性に思われているというのに」

思わず言ってしまった、というふうにセオドアは口を押さえた。率直な褒め言葉に、ヴァレリアは笑ってぽつりと漏らす。

「そんなふうに褒めてくださるなんて、お優しいのね、セオドア様」

「いや。……いえっ、……ああ、俺は女性を褒める言葉をもっと勉強しておけばよかった。あなたは素敵ですよ。そのやわらかい声を聞いていると、心が癒されるようです。……きっと、王太子様もあなたのよさにいつかお気づきになります」

セオドアの朴訥《ぼくとつ》とした賛辞に、ヴァレリアは頬を染めたが、寂しそうに首を振った。

「私にいいところなんてありませんわ。私、恋というものがよくわからないんですもの。……ずっとお父様の言う通りにしてきました。美しくあれ、控えめであれ。そうすれば王太子様は必ずおまえを好きになる、とね。これまではそれに疑問を抱いたこともありませんでしたわ。……だけど、今回、王太子様がまったく振り向いてくださらないのを見て、お父様の言うことは絶対ではないんだなと思い知りましたの。そして私、自分の魅力ってなんだろうって考えたんです。美しいと言われる顔と、贅を尽くしたドレス。……それはべつに私のものではありません。お父様やお母様がくださったものだわ。私自身には、なんの魅力もないのです……」

エマは聞いていて驚いた。貴族のご令嬢には、不満なんてなにもないと思っていた。ましてや、ヴァレリアは芸術品のように綺麗なのだ。そんな美しい女性が、自分の魅力について悩むことがあると思ったらすごく不思議な気分だった。

「そ、そんなことはありません。そんなふうに思い悩むヴァレリア殿は見た目だけじゃなく、心も純粋で美しいではないですか！」

そう言って思わず立ち上がったセオドアが、彼女の両手を握りしめる。

見つめ合い、真っ赤になったふたりは、「あっ」と声をそろえたかと思えば、今度は慌てて手を放しそっぽを向く。

その様子は初々しい恋人同士のようで、エマは自分が邪魔者のような気がしてきた。

「す、すみません！」

「いいえ。あの、……うれしいです。……その、お話を聞いてくださってありがとうございます」

（セオドア様のあの顔……。すっかりヴァレリア様に夢中じゃないの。気まずいなぁ。早く誰かお客さん来ないかしら）

エマはもじもじするふたりを横目で見つつ、いたたまれない思いで身をひそめていた。

王太子殿下の妃候補

昼を過ぎて薬室を訪れるお客の波がひと段落する頃、ギルがやって来る。

おかげで毎日、エマはこの時間になるとソワソワと落ち着かない。

「やあ、エマ。今日はなんのお茶を飲ませてくれる？」

笑顔とともに訪れる彼に、エマの心はいつものように沸き立った。彼の訪問は最初に来た日から毎日続いていて、ふたりは以前より親しく話すようになっていた。

「そうですね。今日は体の調子をよくするものにしましょうか。なにかお悩みがあれば、それに効くようなものを出します。　おなかの調子が悪いとか、胃が痛いとか、……ないですか？」

「よく眠れないことはあるかな」

「ではいい睡眠を導くお茶を」

エマは棚からハーブを選別し、ブレンドする。幾つもの種類のハーブがポットの中に入れられていくのを見て、ギルは感心したようにつぶやいた。

「それにしても、たくさんあるんだな。これはエマがつくっているのか？」

「ハーブは父がつくっているんです。干したり、オイル漬けにしたり、加工するのが私の仕事ですね。ハーブティーのブレンドを考えるのは一番好きな作業です」

「今しているのがブレンドだな？　なあ、その薬草はなんていう名前なんだ？」

「これはタイム。勇気の象徴とされていて、古代では枝を湯船に入れて入浴することもあったそうです。粉にしたり、蜂蜜漬けにしたりして保存します」

「へえ、おもしろいな。じゃあ今日はそれがいい」

肩越しに覗かれて、距離の近さにエマの心臓は早鐘を打ち始める。

「じ、じゃあカモミールティーにタイムハニーを加えましょうか」

「ああ。エマのお茶のおかげで、最近、気分が明るいんだ。次はどんなお茶が飲めるのかと思うと、明日が来るのが楽しみになった」

ギルはなんの気なく言ったのだろうが、エマは少し心配になった。いつも元気そうに見える彼には、似合わない言葉に思えたからだ。

「……なにかありました？」

「うーん。まあ、いろいろと。……なかなか自分の思い通りにことが運ばなくてね」

「大丈夫ですか？　私で力になれることなら言ってくださいね」

ギルはごまかすように苦笑した。その少し憂いを帯びた表情は、妙に色気を醸し出していて、エマをときめかせる。

（……って、見とれていちゃダメ。私は薬屋なんだから、彼を元気にすることを考えなきゃ）

エマは内心で自分を叱咤し、恋心が顔に出てしまわないよう深呼吸する。

エマの心は忙しい。彼はただ純粋にハーブに興味があるだけだと自分に言い聞かせて平常を保とうとし、だけど会えたことで喜びが湧き上がり、でも恋人になんかなれるはずがないのだからと、ひとり落ち込む。毎日がその繰り返しだ。恋はなんて厄介なのだろう。

「今すぐお茶を入れますから、ソファで待っていてください」

エマに目をそらされて、ギルは頭をかきながらソファへと移動する。

「ごめん、つい愚痴ってしまって。君が話しやすいからかな。年も近そうだ。俺、十九なんだ。エマは？」

「え？　年下？」

エマは驚きのあまり声をあげてしまった。ギルは背も高く体つきもしっかりしているから年下だなんて思わなかったのだ。

「だったら私のほうが少しお姉さんです。今、二十歳なんです」

こうなっては年齢を教えないわけにいかない。年上だなんて知られたら、ますます恋愛対象からは遠ざかるだろう、とエマはやけくそな気持ちになってきた。

「ほぼ同い年だな。だから安心するのかな。エマと話しているのは楽しい」

ギルに微笑まれて、エマの胸がキュッと鳴る。

「はいお茶。どうぞ」

「ありがとう」

「また見せてくれないか。薬草図鑑」

「ええ。もちろん」

ふたりでお茶を飲みながら、ほかにお客が来るまでハーブの話をする。

「エマはどのハーブが好きなんだ？」

「レモンバームです。育てやすいし、効能もいろいろあって使いやすいから、昔から重宝してるんです」

「そういや、君に懐いていたあのマグパイも、バームって呼んでたな」

「私が名前をつけたんです。気分が落ち込んでいてもいつも助けてくれる。私を前向きにしてくれる。そういうところがレモンバームそっくりだったから。女の子だったらメリッサってつけたかったんですけど、男の子だったから、バーム」

「なんでメリッサ?」

「別名なの。ミツバチって意味があるそうです。レモンバームの蜂蜜はかつて解毒剤として使われたこともあるんですよ」

「君は物知りだな。おもしろい。もっと聞かせてくれ」

ギルの賛辞は、エマの心にスーッとまっすぐに入ってくる。

薬室のお客は、薬の効果にしか興味がない。エマが愛するハーブにまで思いを馳せてくれたのはギルだけだ。それがエマはとてもうれしかった。

楽しい時間はあっという間に過ぎる。ティーカップはもうだいぶ前に空っぽになっていて、ふたりの時間の終わりを告げる、別のお客のノックが聞こえる。

「あの、お薬いいかしら」

「あ、はい」

エマは慌てて立ち上がってお客に応対し、ギルは持っていた帽子を目深にかぶった。

噂が噂を呼び、城内でもエマの客は増え続けている。

「栄養剤はあるかしら。……あら、お客様だった?」

「大丈夫です。あちらのお客様は処方なので時間がかかりますので。……栄養剤ですね。一本でいいですか?」

「あるなら三本くらいもらおうかしら」

「はい。飲むときは量に気をつけてくださいね」

ちらり、と不審がるようにギルを見た後、侍女は薬を抱えて帰っていく。

「忙しそうだな」

ギルの声を背中に受け止めて、エマは「そうですね」と応じる。

「王太子様が結婚相手を探しているせいで、みんな忙しくて。……まったく、困ったものだわ。準備するほうがどれだけ大変か考えたことがあるのかしら」

本音をつぶやいてから、これは不敬罪にあたると気づいて慌てて振り向く。

「ギル、今のは内緒に……」

ギルは帽子をかぶったままの状態で、硬直していた。先ほどまでと打って変わった様子にエマは心配になる。

「ギル……？　あの、どうかした？」

彼は神妙な顔をしたままうなずく。

「いや、そうだよな。頻繁な舞踏会は使用人が大変なんだよな」

「そうよ。早く結婚相手が決まればいいのにね」

ギルの様子が気になってじっと見つめていると、彼はエマの視線に気づき、朗らかな調子に戻った。

「うん、やっぱりあんな舞踏会は馬鹿げている」

彼が笑ったのでエマはホッとした。そして、ギルがおもむろに帽子のつばを上げるのを見て、思わず笑ってしまう。

「もしかして、ギル、騎士団の仕事をさぼっていたりします？」

「え？」

「さっきのお客様が来たとき、顔を隠していたから。ダメですよ？　ちゃんとお仕事しなきゃ」

「急に年上ぶるなよ」

「ふふ。だって。本当に年上なんだもの、仕方ないわ」

エマが笑うと、ギルは拗ねたように唇を尖らせた。

エマは彼といられる時間が楽しくて仕方なくて、時計を見るのをやめてしまった。

明かり取りの小窓からバームが覗いているのも気づいているけれど、窓を開けるのもやめておいた。ふたりきりでいられる時間を、大切にしたかったのだ。

王城内がせわしない。エマのもとには、朝から使用人たちが次々と訪れていた。

「喉が痛いんだが、今すぐ治せないかな」

「栄養剤をちょうだい！」

「腰を痛めてしまって……なんとかなりませんかね。今日は倒れるわけにいかないんですよ」

「順番に薬を出しますから、お待ちください！」

前のふたりはすぐ終わるも、腰を痛めた従僕は手がかかる。

「ソファに横になっていただけます？　とりあえず特製湿布を貼ります。それと痛み止めも出しますね」

腰だけとはいえ、男性の裸を見てしまうのは照れがあり、エマは薬を塗り、やわらかい布で覆って包帯を巻く間、黙っているのに耐えかねて、「いったいなにをして痛めたんです？」と聞いてみた。

「今日は舞踏会があるので、会場準備で大わらわなんです。ええと、エマさん？」

「はい？」

「あなたの薬が城で買えるようになって助かってるってみんな言ってますよ。たしかに、今薬を塗ってもらったばかりなのに痛みが軽くなっています。たいしたもんです」

「本当ですか？」

その褒め言葉は純粋にうれしい。エマは口もとが緩むのを抑えられないまま、従僕の治療を終える。

「お、動ける。素晴らしい。仲間にも宣伝しておきます」

「ありがとうございます！」

エマはまだ腰を守るようにそろそろと歩いていく従僕を見送り、ため息をついた。

ようやくお客の波が去った感じだ。

「……また舞踏会か。付き合わされるほうも大変ね。王太子様も早く結婚相手を決めてしまえばいいのに」

貴族間の婚姻は、政略結婚が主だ。王太子が好きな人と結婚したいと思っているのなら同情はするが、候補者の中にはあのヴァレリアもいるのだから、贅沢なんじゃないかとも思ってしまう。

（そうだ、ヴァレリア様……）

あの後、いい雰囲気を醸し出していたセオドアとヴァレリアだったが、侍女が捜しにやって来て、ヴァレリアは連れ帰られてしまった。

セオドアは名残惜しそうに見送っていたが、すぐに気を取りなおしたようにエマに礼を言うと、騎士団の詰め所へと戻っていった。

（セオドア様の片思い……になるのかな。切ないよね）

他人の心配をしている場合ではない。片思いは自分もだ。

（ギルだって、騎士団に所属してるんだから下級貴族のご子息かなにかなのよね……。平民の私には身分違い。ううん、その前に、魔女である私が普通の人と結婚できるわけがない……）

エマは泣きたい気分になってきた。

エマの両親はノーベリー伯爵邸で一緒に育ったという。近い年頃の人間はあまりおらず当然のように結婚したと言っていた。

それでも、いるだけいいだろうとエマは思う。エマやジュリアには、魔法の秘密を共有してくれる人間はいない。

誰かを好きになったとしても、その相手が魔女でもいいと言ってくれなければ、結婚なんてできないのだ。

だが、打ち明けるのにも、相当の勇気がいる。秘密がバレた時点で言いふらされたら、魔女として殺されてしまうかもしれないのだから。

「いつか、私だけの王子様が迎えに来てくれるのかしら……」

物語でよく見かけるセリフをエマはぽつりと口にした。迎えに来てくれるのを待つなんて、なんて他力本願な、と思っていたものの、実際年頃になればそう願う気持ちもわかる。

「それがギルならいいのに。……なんてね」


楽団の演奏が城中に響く。従者のリアンに半ば無理やり着替えさせられ、ギルバートは不満な気持ちを思いきり顔に出していた。

「ギルバート様。これは国王様からの命令です」

「俺はもう、舞踏会など開かなくてもいいと父上に言ったはずだ」

「ギルバート様が妃を決めれば開かなくてすみますよ。なにが不満なんです。候補者にはヴァレリア様もいるんでしょう?」

「おまえな……」

求めているのはこんなところで着飾っているような令嬢ではないのだ、とギルバートは言いたかった。だが、リアン相手にそんなことを言っても仕方ない。

いっそエマを着飾らせて舞踏会に連れてこようかとも考える。

しかし、彼女には騎士団員であると嘘をついているのだ。加えて、昼間の様子を見ていると、エマは王太子にいい印象を持っていない。これまで嘘をついていたことがバレたら、きっと距離を置き、二度と親しげな笑顔など向けてはくれないだろう。そう思えば、打ち明ける勇気など出てこなかった。

（いっそ、王位など弟に譲って、エマを連れて逃げるのはどうだ）

ギルバートには弟がふたりいる。すぐ下のブレイデンはやや軽薄だが人には好かれるし、リチャードは勉強家だ。片方では頼りないがふたりが力を合わせてくれれば、国を治めるのにけっして不足はないはずだ。

そんな考えも一瞬よぎったが、それはただの無責任だとギルバートは思いを改める。

帝王教育を受けてきたのはギルバートだけだ。すべてにおいて特別扱いなのも、ギルバートが王位を継ぐという前提があるからだ。ここで逃げ出すのは、おいしいところだけ吸って逃げるただの卑怯者ではないか。

「……くそっ」

だとしたら、エマをどこかの貴族の養子に入れてはどうだろう。自分の家から王太子妃を出せるとすれば、受け入れる家はないこともない。

いい考えにも思えたが、それも、エマが自分を思ってくれているという前提での話だ。王太子だと告げた時点で嫌われてしまうかもしれない。命令でつなぎとめることもできるが、そうすればエマはきっと一生、笑いかけてくれないだろう。

「……八方ふさがりとはこのことだ」

あれこれと思いを巡らせるうちに時間になり、リアンに急き立てられたギルバートは頭を抱えつつも会場へと向かった。

すでに招待客は集まっていて、ギルバートが中に入ると客のすべての視線が彼に注がれる。

演奏が始まり、令嬢たちは踊りの誘いを待つようにギルバートを見つめる。この期待に満ちた目も、ギルバートには重い。

彼がそっけなく通り過ぎると、令嬢はあからさまに落ち込んでみせる。そこで、すかさずブレイデンが踊りの誘いに入ってくれるのが、唯一の救いにも思えた。

国王は今日もやる気のないギルバートにあきれ、咳払いをしながら彼に近づいた。

「今日こそは気に入った令嬢を見つけるのだ。少しはブレイデンを見習え」

ブレイデンは女性に愛想がいい。そのぶん、問題もすぐ起こすが、国王としてはまったく女性に興味を示さないギルバートよりはマシという気になっていた。

「父上、もう舞踏会はやめましょう。俺が気に入る娘はここにはいません」

目をそらし、ため息までつくギルバートに、ついに国王の堪忍袋の緒が切れた。

「……もういい！　そこまで言うならわしが決めてやる」

「父上？」

「これは遊びではないのだ。おまえの結婚は、国の繁栄に関わることなんだからな」

国王はつかつかと会場の中央に向かうと、ぱんぱんと軽く両手をたたいた。

それに呼応するように楽団が音を止める。

「皆の者、毎週にわたる舞踏会、よくぞ今まで付き合ってくれた。わしはこれまでの舞踏会を通して、ギルバートの妃にふさわしいと思う令嬢をふたりにまで絞った」

ギルバートは国王を止めに入ろうとするが、すでに厚い人の壁ができあがっていて、たやすくたどり着けない。

「マクレガー侯爵令嬢・ヴァレリア殿とキンバリー伯爵令嬢・シャーリーン殿だ。今後は舞踏会をやめ、おふたりには一ヵ月間でギルバートとの交流を深めてもらおうと思う。ひと月後、ギルバートが選んだ女性を妃として紹介することにしよう」

「うれしい！」

わっと声をあげたのは、シャーリーンだ。

「さすがは我が娘、オニキスのように美しいと言われるだけはある」

「お言葉ですが、うちのヴァレリアは美の妖精と謳われておるのですぞ」

自慢げにつぶやくのがキンバリー伯爵。それにムッとしたように突っかかっていくのがマクレガー侯爵だ。立場としては侯爵が上だが、同年代の彼らは昔からのライバル関係にある。

ギルバートは自分の意思を置き去りにして進んでいく結婚に慌て、国王の所業に頭を抱える。

候補者を選ぶまでは許容できる。だがなぜふたりなのだ。どちらを選んだとしても、選ばれなかったほうはいい笑いものになってしまう。

マクレガー侯爵もキンバリー伯爵も、財力、政治力をともに備えた国の重鎮だ。この結婚話の結果いかんでは顔に泥を塗られた気持ちにもなるだろう。かといって、どちらも選ばなければ今度はギルバートの決断力が問われる。

国王の発言で、ほかの参加者たちの熱は一気に引いた。自然にギルバートの周りに空間が広がり、そこにシャーリーンが駆けてくる。

黒褐色の腰まである長い髪を揺らし、ぱっちりとした勝気そうな瞳をギルバートに向け、蠱惑《こわく》的に微笑む。

「ギルバート様、うれしいです。選んでいただけるよう、私、がんばりますわね」

「あ、ああ」

そのうしろから、ヴァレリアが父親に背中を押されるようにしてやって来る。

流れるような金髪に、陶器のような白い肌。長いまつげに見るものを引きつける艶《つや》のある唇。妖精の国というものが本当にあるのなら、いるのはこんなはかなげな女性かもしれないと思わせる、神秘的な美しさの持ち主だ。

「あの、光栄ですわ。ギルバート様、私、……ええと、よろしくお願いいたします」

彼女が頬を染めるだけで、周りの男から感嘆の声があがる。

ふたりはともに十七歳で、社交界でも一、二を争う人気なのだ。

だが、ギルバートはどちらの女性にも苦手意識がある。シャーリーンは気が強すぎるし、ヴァレリアは気が弱すぎるのだ。

「俺は……」

「さあさあ、では今日はこれまで時間を費やしてくれた皆への感謝の宴としよう。たくさん食べ、自由に楽しんでほしい」

ギルバートの声を遮るような国王の発言で、場は一気に盛り上がり、人々は再び始まった楽団の演奏にのって動きだした。

ギルバートはため息をつき、その場を去ろうとするが、あと一歩のところでシャーリーンにつかまってしまう。

「ギルバート様、ぜひテラスでお話ししたいわ」

腕に押しつけられるのは、シャーリーンの豊かな胸だ。胸もとと肩の開いたワインレッドのドレスはなかなかに官能的で、たしかに男の欲は刺激される。だがギルバートはそれより先に強引に腕を掴まれたことが不快だった。

「シャーリーン殿、ふたりで会う機会はまた別に取りましょう。今日はどうぞ、皆と楽しんでください」

「私はギルバート様と話したいのです。もっと私のことを知っていただかないと時間がもったいないですもの」

「婚約者候補だからですか？　でしたらそれはあなただけじゃない、ヴァレリア殿も一緒に話しましょう」

ギルバートは助けを求めるように純白の令嬢を捜す。彼女は彼女で、所在なげに壁の近くに佇んでいた。

今までなら、ギルバートが誘わなくともほかの男がヴァレリアを放っておかなかったが、婚約者候補として名指しされたことで、彼女を誘うことに遠慮する気配が広がっている。

「いいじゃありませんか、あんないるかいないかわからない方、放っておけば」

「シャーリーン殿」

いきすぎた発言をとがめるように軽く睨むと、さすがに気が引けたのかシャーリーンは彼を掴む腕を放した。その隙に、ギルバートは彼女から逃げ出す。

「すまない。ちょっと腹の調子が悪いようだ。話はまた今度」

適当な言い訳を耳打ちし、部屋から抜け出そうとする。

「あ、待ってくださいませ」

手を伸ばすシャーリーンの視界からはずれるように、ギルバートは参加者で混み合う中をすばやく移動し、入り口あたりまで逃げた。

「ギルバート様、どこに行くんですか」

入り口で見張りをしていたのはリアンだ。

「リアン、見逃せよ」

「いけません。国王様からのご命令です」

「だったらおまえが代わりに相手をしていろ。俺はトイレだ」

追いかけてくるシャーリーンめがけてリアンを突き飛ばし、ギルバートは廊下に飛び出すと、手近な部屋にすべり込んだ。

客間だったが誰もいない。ほとぼりが冷めるまでここにいようと、ギルバートは座り込んだ。

「父上め、よりによってあのふたりを選ぶなんて」

遠縁でもある侯爵と、行動力を武器に力をつけてきた伯爵。どちらも国王のお気に入りだ。国王には彼らとの縁をもっと深いものにしたいという願いがあったのかもしれないが、あいにく期待に添える結果など出せそうにない。

答えなんて出ているのだ。気に入った令嬢を選べと言われたあの瞬間、ギルバートの頭に浮かんだ人物は、素朴なワンピースに清潔そうなエプロンをつけ、うしろに束ねて結ったダークブロンドの髪を揺らす、笑顔のかわいらしい女性ただひとり。あの場にはいないエマだったのだから。

「エマを妃にするにはどうすれば……。まずは彼女の気持ちを確かめればいいのか？　だが、王太子だとバラすのか？　今まで嘘をついていたと？」

嫌われる未来しか想像ができず、ギルバートはため息をつきながら頭を抱える。

彼のそんな姿をあざ笑うように、軽快なワルツのメロディが流れだした。

王城のどこからか流れてくる楽団の音楽を聞きながら眠りについた翌日、エマはバームを部屋の中へ呼び寄せて、話をしていた。

「夜間の音楽は鳥にとっても迷惑な話だよ」とバームが愚痴を言い、エマが同意する。

そんな和やかな会話は、勢いよく開いた扉によって中断させられた。

扉を開けたのはキンバリー伯爵家の侍女、ヘレン。しかし、彼女を押しのけるようにして先に入って来たのは華のある顔立ちの女性だった。肩が大きく開いた紫色のドレス、あらわになっている鎖骨を、黒褐色の髪が隠すように広がっている。美しく官能的な雰囲気のあるその女性に、エマは思わず見とれた。

「ちょっと、お父様が連れてきた薬師ってあなた？」

「え？　はあ。いらっしゃいませ」

「え、あ、きゃっ、なによその鳥！」

彼女はバームを見るなり口もとを押さえ、シッシッと右手で追い払うしぐさをする。貴族の令嬢にはよくある態度なので、エマはバームを窓際まで連れていき、「バーム、ごめんね。出ていてくれる？」と外に放した。

バームは黙って小窓から出ていったが、すぐ近くの枝に陣取って、部屋を見張っている。令嬢は額をそっと手の甲でぬぐうと、あきれたようなため息をついた。

「ふう。あなた、どうして鳥が入ってきてそんな平気な顔をしているの？」

「あの子は賢い鳥です。悪いことはしませんわ」

「鳥にそんなことがわかるわけないでしょう。よく効く薬をつくると聞いたのに、大丈夫なのかしら」

馬鹿にしたような物言いに、エマもだんだん我慢ができなくなり、ムッとする。

城のお客は居丈高な人も多いが、この令嬢はその中でもダントツで態度が悪い。

「失礼ですけど……」

「ああ。私はシャーリーン＝キンバリー。知ってるでしょう？」

「キンバリー伯爵様の？」

「そう。あなたにここの仕事を支援してあげたキンバリー伯爵よ。わかってるわね？」

まるで、エマが頼んで仕事をもらったような言い方だ。シャーリーンの態度はエマを苛立たせたが、相手は貴族。反発しても無駄だ。

エマは気持ちを抑えるために深呼吸し、気を取りなおして営業スマイルを浮かべた。

「私はエマ＝バーネットです。それで、今日はどのようなご用件なのでしょう」

「決まってるじゃない。あなたは薬師なんでしょう？　薬をつくってほしいの」

「どこか具合が悪いんですか？」

はきはきと話すシャーリーンはぱっと見、元気いっぱいだ。薬が必要な病人にも怪我人にも見えない。

「ちょっと耳を貸しなさい。これは内密の話なの」

「はあ」

近づくと、シャーリーンからは花が虫を誘うときのような甘い香りがした。

「欲しいのはね、惚れ薬」

「ほ？」

「媚薬でもいいんだけど。どっちが簡単につくれる？」

〝媚薬〟という単語にエマの顔が真っ赤になる。

「び、び、び、媚薬なんて無理です。そんな破廉恥なっ」

「馬鹿ね。声が大きいわ。だったら惚れ薬。つくれるでしょ？」

「待ってください。無理ですよ。そんな……人の心は薬でなんか変えられるものじゃないでしょう？」

「まあ、頼りないわね。お金ならいくらでも出すわよ。闇市場では媚薬や興奮剤が取引されてるってお父様から聞いたことがあるわ。薬師ならつくれるはずよ」

「ダメです。そういう薬をつくるのは禁止されていますし」

本当は媚薬も惚れ薬もつくれる。けれど、魔女界の決まりで禁止されているのだ。人の心を左右するような魔法は使ってはいけないと、大魔女クラリスはバーネット一家が三年前に独立するときに口を酸っぱくして言った。

〝人と共存できる魔女になりなさい。そのためには、人の心を軽んじてはいけない。使ってもいい魔法は人のためになるものだけ、心を変えるようなものは使ってはいけません〟

その言葉はエマの心の中に、しっかりと息づいている。

きっぱりと断ったエマに、シャーリーンは不満そうに頬を膨らませる。

「王太子様の妃候補が決まったのよ」

「え？　そうなんですか？」

「私か、ヴァレリア侯爵令嬢。ふたりに絞られたの。まあ、胸も私のほうが大きいし、機知に富んでいるのも私のほうだと思っているけど、家柄は侯爵家のほうが上だし、男の人ってああいうたおやかな女が好きじゃない。だからなんとかしたいの。私を選んでもらえるように」

さりげなく自慢を挟んでくるあたり、かなり高慢な令嬢である。

エマは心の底から、王妃にならヴァレリアのほうが向いているだろうと思ったが、もちろん顔には出さない。この令嬢の機嫌を損ねると、かなり面倒くさいことになる気がしたからだ。

「ねぇ。あなたはお父様のおかげで、ここで仕事ができるんでしょう？　だったら私の頼みは聞かなきゃダメでしょ？　そうよね？　とにかく、惚れ薬がダメなら、王太子様の心を私に引きつけるためのなにか。頼んだわよ。来週取りに来るから！」

「え、ちょ、待ってください、シャーリーン様……」

シャーリーンはエマの返事など聞いていない。侍女を引き連れ、さっさと部屋を出ていってしまった。

エマは呆気にとられたまま、彼女たちが消えていった扉を見つめた。やがて、小窓のほうから音がする。いつの間にか、バームが顔を出していた。

「どうするんだよ、エマ」

「どうするって。……どうしよう」

「すごい勢いのお嬢さんだったな。これ、できなかったらエマがなにかされるんじゃないか？」

「ええー！　嫌よ！　バーム助けて」

「助けてって言ってもな。惚れ薬ならつくれるんだろ？　こっそりつくっちゃえば？」

「でもクラリス様にバレたら、どうなるか。最悪、私も父さんたちも薬屋を続けられなくなるわ」

「バレるわけないじゃん。ここからノーベリー領までどれだけ離れてると思ってるんだよ。それでエマの王城生活がうまくいくんならいいんじゃない？」

バームは悪びれもせず言うが、決まりは決まりだ。

エマは頭を抱える。惚れ薬をつくるという禁忌に触れることもそうだが、あのシャーリーンを王太子妃にする手伝いをするのかと思うと気が引ける。

動揺しながらも、エマは薬のレシピをめくった。

薬づくりの魔女は、師匠の魔女の持っているレシピを自分で書き写し、実践して薬のつくり方を覚える。エマの師匠は母親のベティ。そしてベティは魔女の中でも好奇心が強い性格で、禁止とされている薬についてもつくり方を書いていた。

それによると、惚れ薬は飲んだ相手の感覚を鋭敏にし、心拍を上げる薬のようだ。記憶に作用し、恋しい相手が目の前にいる人間であると一時的に認識させる。

性的な興奮を促す効果に特化した媚薬に対して、惚れ薬のほうが精神に作用する力は大きい。

エマはレシピを見ながら、薬の材料をチェックした。

「材料はある。……つくれるなぁ。でも、惚れ薬なんて……ねぇ」

つぶやきながらも、エマの脳裏に騎士服を着た精悍な男性が浮かぶ。惚れ薬は、目の前の人に恋をする薬。叶うはずのない身分違いの恋も、その一瞬だけなら叶う。

（……ギルも？）

その思いつきは、予想以上にエマの心を掴んだ。

（ダメよ。薬で人の心を動かしちゃいけないって。自分で言ったばかりじゃない）

だけど、一度彼が自分に愛をささやくところを想像してしまったら、頭から離れなくなった。エマは見る見るうちに妄想の虜になっていく自分が恥ずかしかった。これではシャーリーンを責める資格などない。

（でもたった一度でも、ギルとの恋の思い出が持てたら、この先誰とも結婚できなかったとしても、それを糧に生きていけるかもしれない）

悪魔のささやきのような思いつきは、その夜、エマを夢の中まで追ってきた。

翌日、毎日のように来ていたギルが薬室に姿を見せなかった。お昼過ぎ、エマは時計を確認する。いつもだったらもう彼が来ている時間だ。

今日はローズヒップのお茶を出そうと決め、お湯も用意していたがすっかり冷めてしまった。湯を捨てるために出た外では騎士団が訓練していて、エマはそこにギルがいないか捜した。

セオドアは、しばらく遠征の予定はないと言っていた。だから、団員はすべて城で訓練しているはずだ。けれど、エマは訓練中のギルを見かけたことはなかった。

（あ……セオドア様だ）

ちょうど兜を脱いで、「一度休憩するぞー」と声を張り上げたところだ。

続けてほかの騎士団員も兜を脱いだので、じっと見つめていたが、やはりギルを見つけることはできない。チラチラとエマに視線を向けた者はいたが、みんな詰め所のほうへと走っていってしまった。

「なにしてんだ、エマ」

バームの声が聞こえたので見上げると、すぐ近くの木の枝に止まっていた。

「なんでもない。ただ、今日はギルが来ないなぁって」

「ああ、飽きたんじゃないの？　あいつ、真面目じゃなさそうだもん。僕、よくこのあたりを飛ぶけど、あいつの姿を見たことがないぜ？　本当に騎士団員なら、もっと訓練で表に出るだろう」

「記録の担当かもしれないじゃない」

「まったく外に出ないってことはないだろ。あんまり気を許すなよ、エマ。男なんて女なら誰でもいいんだから。エマが物珍しくて寄って来ていただけだよ」

いつもだったらあきれながらも受け入れていたバームの言動に、今日はショックを受ける。イライラして、つい叫んでしまう。

「うるさいな。バームになにがわかるのよ」

「わかるよ。エマが遊ばれるんじゃかわいそうだから注意しろって言ってるんだ」

「ギルはそんなことしないわよ！　バームの馬鹿っ」

エマはイライラしながら部屋に戻る。バームが窓から覗いているが、今は中に入れたくなくて無視した。

お客はそれからも数人やって来たが、結局この日、ギルは姿を見せなかった。

（どうして来てくれないの？　ハーブの話に飽きちゃった？　それとも具合が悪いとか？　いや、ここは薬室だもん、それならむしろすぐ来るはずだわ）

寂しさと同時に、なにかまずいことをして嫌われてしまったんじゃないかという焦燥にかられ、エマはいても立ってもいられなくなっていた。

扉の看板を【ｃｌｏｓｅ】にかけなおすために廊下に出て、そこからしばらくあたりをうかがう。けれど、通るのは使用人だけでギルの姿はない。

（……会いたくても、私からは会いに行けない。それどころか、普段ギルがどこにいるのかさえ、知らないんだわ。教えてもらえない。恋人じゃないから……）

切ない思いが限界に達し、エマは胸のモヤモヤをなんとか抑えようと、作業台に向かった。

「試しにつくってみるだけ。……そう。本当に飲ませるわけじゃない」

言い訳を口にしながら、レシピを頼りに惚れ薬をつくる。なにかをしていないと、正気でいられないような気分だった。

ギルが恋人だったら、愛の言葉をひと言でももらっていたなら、一日くらい顔を見なくてもこんな不安になることはない。エマは唇を噛みしめた。

（ギルの恋人になりたい。もっと彼のことが知りたい）

そのために、エマは薬という楽な手段に手を伸ばそうとしていた。

材料をふんだんに使うわりに、じっくり煮つめるため、惚れ薬は小瓶に一本分しかできなかった。

「これを一滴、お茶に入れれば、彼は私に恋をする……」

エマは安堵の息を漏らす。そして想像の翼を広げた。

お茶を飲んだ途端、恋のまなざしを向けてくれるであろうギルを。物語に出てくるような愛の言葉が自分にささやかれるのを。

〝かわいいエマ。俺は君を愛している〟

そんな言葉を贈られたら、きっと天にも昇る心地になれる。

だが、想像にときめくと同時に、虚しさも胸に去来する。もしそう言ってくれたとしても、それはギルの意思ではないのだ。薬を使って言わせせただけのこと。

エマは正気に戻るのも早かった。薬を使っても、それが永遠に効くわけじゃないということは、薬屋だからこそ身に染みてわかっていることだ。

「……嘘の思い出なんて、あっても虚しいだけだわ」

試す前に気づいてしまった。エマが欲しいのは、ギルの心からの言葉だ。一度でも惚れ薬を使ったら、もう二度とギルの言葉を信用することができなくなってしまう。

「馬鹿ね、こんなものつくるなんて。……本当に馬鹿だわ」

エマは棚にできあがった惚れ薬を置き、使った道具を片づける。

そしてベッドに潜り込み、情けなさと恥ずかしさで、ほんの少しの間涙をこぼした。

惚れ薬の行方

翌日、思いつめた様子でエマのもとにやって来たのは、ヴァレリアだった。

「エマさん。……相談に乗っていただけません？」

もともと肌の白いヴァレリアが、今は蒼白になっている。泣きだしそうな顔というよりは、実際ひと晩泣き明かしたような様子だ。まぶたが腫れていて、いつもの美しさは半減している。

エマは彼女を奥のソファに導くと、ボールに水を張りそこにミントを入れてしばらく置いてから、ハンカチを浸して固く絞る。

「このハンカチで目もとを押さえてみてください。腫れが引いていくはずです」

「ありがとう。ひどい顔でしょう。私もびっくりしちゃった」

「……なにかあったんですか？」

できるだけ優しい声で尋ねると、ヴァレリアの目には再び涙が浮かんだ。

「私、王太子様の婚約者候補になってしまったの」

それは昨日、シャーリーンから聞かされたので知っている。マクレガー侯爵家としてはめでたい話のはずなので、エマはどう反応していいか迷った。

「それは、……おめでとうございます？」

「やっぱりあなたもそう言うのね。みんなと一緒！」

「お嫌なんですか」

「嫌に決まっているわ。だって王太子様は私を好きじゃないんだもの。お飾りの妃になるのがうれしい女がどこにいるの？　それに、私、ようやく好きな人ができたのに」

それにはピンときた。先日、まさにここで笑えるくらい照れながら彼女を褒めたたえていたセオドアが脳裏に浮かぶ。

「……セオドア様です……よね」

「わかってくれるの？　やっぱりあなたはほかの人とは違うのね。そうなの。私、この間から、彼のことばかり考えてしまうの」

「はあ」

「初めての恋なのよ？　なのに、……今の立場では伝えることさえできないわ」

ヴァレリアが深々とため息をつく。

悲しそうな様子でさえ、美しい。伏せたまつげは長く、薔薇色の頬は思わず手を伸ばしたくなるほどなめらかだ。王太子様が彼女を好きじゃないという主張は、エマには信じられなかった。

（まあ、それは置いておいても。セオドア様とでもお似合いかもしれない）

武骨だが世話好きで気の優しいセオドアならば、気が弱いヴァレリアを怖がらせるような言動はしないし、なによりふたりとも純朴だ。想像するだけで微笑ましい。

エマは素朴な疑問をぶつけてみる。

「……王太子様のほうを辞退できないんですか？」

「王太子様のほうから断られるならともかく、私のほうからは無理だわ。私が嫌だと言っても、お父様が納得なさらない。それにそんな名誉を辞退するような高慢な娘を嫁にもらってくださる方もほかにおられないでしょう。セオドア様だって、こんな私のことなんて」

好きだと思いますけど、とはさすがに言えず、エマは口を噤《つぐ》んだ。恋の告白は自分でするものだ。赤の他人が口を出していい話じゃない。

「ではまずセオドア様にお気持ちを伝えてみては？　セオドア様も貴族様ですし、障害はないんじゃないですか？　相思相愛だというならば、お父上だってむげにはなさらないのではないかと」

エマは本気で言ったが、ヴァレリアはあきれたような顔をして反論する。

「エマさんはあまり貴族のことには詳しくないのね？　ニューマン男爵家は下級貴族で、騎士の家系なの。侯爵家の娘が、男爵家に嫁ぐことはあまりないわ。逆ならば……ないこともないけれど」

エマにとっては貴族という時点で雲の上の人だ。さらにその上下関係を説かれてもさっぱりわからない。

「……ごめんなさい、私じゃお役に立てそうもない」

前提がわからないのではどうにもならない、とあきらめかけたとき、扉がノックされた。

「はい？」

「やあ、エマ。昨日は来れなくて……」

入って来たのはギルだ。今までゆっくりだった全身の血の流れが急に速くなったような感覚とともにエマの頬が染まる。

（ギル……。よかった。また来てくれた）

彼のほうはいつもと変わらぬ調子でエマに笑いかけたが、正面奥のソファに座る人物を見て、表情をなくして言葉を止めた。

「ヴァレリア……」

ヴァレリアのほうも驚いた顔をして立ち上がる。ギルのつぶやきを聞いたエマは、ふたりの表情を見てハッとする。

（知り合い……？　そういえば、ギルも貴族なのよね？）

だとすれば、少なくともエマよりはヴァレリアの相談相手として頼りになるはずだ。

エマはギルの腕を取り、耳打ちする。

「ギル、あなたは秘密を守れる人？」

「え？　ああ、もちろん」

「貴族間の恋愛をどう思う？　政略結婚よりも素敵だと思わない？」

「思うよ、もちろん！　エマ、恋しい気持ちは誰にも止められるもんじゃない」

ギルが目を輝かせたのを見て、エマの気持ちも盛り上がってくる。

「そうよね。じゃあお願い。今から話すことは内緒にして、私と一緒にヴァレリア様の相談に乗ってちょうだい。……ヴァレリア様。私よりも頼りになる人が来ました！ギルなら貴族のことにも騎士団にも詳しいし、優しくて信用できる方です」

エマの声が聞こえているのかいないのか。ヴァレリアは目を見張って、ただエマのうしろに立つギルを凝視している。

「どうして、お……」

「これは、マクレガー侯爵令嬢ヴァレリア様ではありませんか。初めまして。俺はギル。騎士団に所属しています」

ギルは、王太子と呼ばれる前に自己紹介をし、手振りで内緒にするようにヴァレリアに訴えた。ヴァレリアは、きょとんとしたままのエマを見て、正しく状況を理解した。

「は、初めまして。ギ、ギル様とお呼びしてよろしいのかしら」

「ええ。ヴァレリア様がここにいるとは驚きました。えーと。エマ。お茶をもらえるかな」

「あ、はい。でもお湯を沸かしてこないと」

「行っておいでよ。俺はヴァレリア様と少し話をしている」

ギルはソファにまっすぐ向かい、エマを急き立てる。まるで追い出そうとしているかのような態度に、エマは傷ついた。

たしかにヴァレリアは美しいし、目を引かれるのはわかるが、だからといって邪魔者扱いされるのはつらい。

「でも、ヴァレリア様が」

「いいわ、エマさん。行ってきて。私もあなたのお茶を飲みたいし」

ヴァレリアが「行かないで」と言ってくれるのを期待したが、むしろ彼女もエマに席をはずしてほしそうな態度だ。

(ヴァレリア様なら男性とふたりきりになるなんて嫌がると思ったのに。……ギルがカッコいいから？　セオドア様が好きって言ったのに、……なによ)

切ない嫉妬心にかられながらも、エマはしぶしぶお湯を沸かすために部屋を出た。


エマが出ていったのを確認すると、おもむろにギルバートはヴァレリアに向きなおった。

「ヴァレリア殿、どうして君がここに」

「ギルバート様こそ。それにその格好……。騎士団になど入団していたのですか」

「昔な。今は変装用だ。エマは俺が王太子だと知らないんだ。とりあえず、黙っていてくれたことは感謝する」

「まあ、でもどうしてそんなことを……」

ヴァレリアは腑に落ちる。妖精だなどともてはやされる自分を見てもなんの感慨も抱かない王太子が、わざわざ変装してまで薬屋に通う理由なんてひとつしかない。

「王太子様。まさかエマさんを」

「しっ。正体を明かすときは自分で言うから、今は話を合わせてくれ。俺はギルという名の騎士団員で薬に興味があってここに通っているってことになってる」

「わかりました」

「で、君はどうしてここに？　お父上は知っているのかい？　ここはキンバリー伯爵が支援しているから、君のお父上が行っていいと許可を出すとは思えないんだが」

「父には内緒です。エマさんに悩みを聞いてもらっていたんですわ」

「悩み？」

「ええ、でも、……その」

「お待たせしました」

ヴァレリアがもごもごと言いよどんでいるうちに、エマが戻ってくる。手早く紅茶を入れ、ふたりの前に差し出すと、ヴァレリアの葛藤に気づく様子もなく話しだした。

「ギル、ヴァレリア様は恋に苦しんでいるのよ。好きな方がおられるんだけど、政略結婚を迫られているんですって。私には貴族のことがわからないし。相談に乗ってもらえないかしら」

エマに真摯な瞳で見上げられると、ギルバートは弱い。胸のときめきを抑えようとわざと咳払いをして、かわいらしい丸い瞳を視線からはずす。

「ヴァレリア殿の恋しい相手というのはいったい……」

「セオドア様なんですって」

目の前のヴァレリアはハラハラした様子でギルバートを見つめている。

が、婚約者候補にほかに恋しい相手がいるということは、ギルバートにとっては好都合だ。これで断る相手がシャーリーンひとりに絞られる。

「へぇ。セオドアか」

「あの、ギル……様、その」

ヴァレリアが気まずそうな表情をしたので、ギルバートは安心させるよう早口で告げた。

「いいじゃないか。お似合いだよ。王太子殿下は大丈夫。そんなことは気になさらない。君がセオドアを好きだというのなら、俺とエマが協力するよ。なぁ？」

その返答に、エマもヴァレリアも一気に表情を晴れ渡らせた。

「ええ！　さすがギルね。頼りになるわ」

「王太子のことは俺に任せて。ヴァレリア殿を選ばないと約束させよう。それより、セオドアのほうはどうなんだ？　彼にとって、君はかなりの高嶺の花になるはずだが」

「少しお話をしたことはありますの。真面目な方ですわね。私のくだらない話にも真剣に耳を傾けてくれましたわ」

「そうよ。セオドア様もヴァレリア様と話すのが楽しそうでしたし、勇気を出してお気持ちを伝えてみたらいいのでは」

「そうだな。なんならセオドアは俺が呼び出してあげよう」

「本当ですか？」

「ああ。君が幸せになるよう祈っている」

パチリと片目をつぶるギルバートに、ヴァレリアは心底ホッとして、涙ぐんだ。


「そろそろ戻ります」とソファから立ち上がったヴァレリアをエスコートするように、ギルも「ではお部屋まで送りましょう」と立ち上がり、そのまま出ていってしまった。

せっかくギルが来たというのに、今日はヴァレリアの話に終始していたので、ほとんど話せなかった。

ため息をつきつつお茶道具を片づけていると、今度はけたたましい足音とともにシャーリーンが入ってくる。

「惚れ薬はできた？」

「シャーリーン様？　早くないですか、取りに来るの」

たしか一週間後に取りに来ると言っていたはずだ。気が早すぎる。

「というか、本当につくれませんってば、そんな薬は」

嘘である。エマはちらりと棚の上の薬瓶に目をやった。昨日勢いでつくってしまった惚れ薬。だが、シャーリーンにこれを渡す気にはなれなかった。

「早くしてよ。あの女、いつの間にか抜け駆けして王太子様と……！　私がお誘いしてもすげなく逃げるのに、王太子様も楽しそうに話していたわ。このままじゃまずいの。ヴァレリア様に取られてしまうわ」

「大丈夫ですよ」

「適当なこと言わないでよ。さっき、ふたりで話しながら歩いているのを見たんだから。ヴァレリア様ったら、ついこの間まで、話すのも恐れ多いみたいな顔して、舞踏会でも壁の花だったくせに！　油断してたらダメね。ああいうおとなしそうな顔した女が、うまいこと持っていったりするのよ」

「そりゃお話くらいしますよ。シャーリーン様だってするでしょう？」

「でも私には笑いかけてくれないわ……」

シャーリーンが寂しそうに目を伏せたので、エマはおや、と思う。この令嬢、気が強いだけかと思ったらかわいらしいところもあるらしい。

「とにかく、王太子様はヴァレリア様を選んだりしません。大丈夫です」

「根拠もないくせに適当なこと言わないでよ！」

根拠はある。エマはギルを信頼していた。彼が言うのだから、ヴァレリアの件はきっと大丈夫だと信じている。

「ヴァレリア様を気にするよりも、シャーリーン様はご自分の魅力を存分に生かして、王太子様と距離を縮めればいいんじゃありませんか」

「そんなのできたらとっくにやってるわよ！　話しかけても逃げられるんだもの。薬に頼るしかないじゃない」

「いや待って。薬はダメです」

「できないんなら、お父様に言ってあなたなんてどこかに追放してもらうから。自分の身がかわいかったらちゃんとつくりなさいよ。惚れ薬！」

言い捨てて、シャーリーンは出ていく。たまにかわいいところがあるかと思えば、やはり気が強い。彼女の言動に、エマはイライラしてしまう。

エマは惚れ薬の小瓶を掴み、窓際によって日に透かして見てため息をついた。

「追放って……ほとんど脅しじゃない。どうしよう」

頭を抱えていると、再びノックの音だ。今日は忙しい。気を取りなおして扉を開けると、今度は息を切らせたギルが立っていた。

「ギル……！　どうしたの？　忘れ物？」

「いや、忘れ物。というか、その。……入ってもいいか？」

「もちろん。どうぞ」

ギルはきょろきょろとあたりを見回しながらすばやく中に入ってくる。

「今ちょっと人に追われていて」

ギルの額にはうっすら汗がにじんでいる。ダークブラウンの前髪に隠れた碧眼《へきがん》から、熱っぽい視線を向けられ、エマの鼓動は速くなった。

「会いたかった」

ギルは伏し目がちにエマを見つめたまま、彼女の肩を掴む。心臓が口から飛び出しそうで、エマは無意識に自らの胸を押さえた。

「君とゆっくり話したかったんだ。その、伝えたいことがあって」

「私に？　なに？」

思わせぶりな発言に、エマのときめきは止まらない。

今日のギルはいつものように会話を楽しむといった態度ではなかった。手を伸ばし、エマのポニーテールの髪を優しく触る。スキンシップの取り方があきらかに違う。

「エマ。……俺も、貴族だから政略結婚しなきゃいけないなんてことはないと思う。たしかに家は大事だが、俺たちだって人間だ。恋しい人がいるのにほかの人を選べるわけがないんだ。そう思うだろ」

「ええ！　思うわ」

ヴァレリアのことを言っているのだと思って、エマも語気を荒くする。

「だから、俺は……」

髪を触っていた手が、頬に移る。上を向かされ、彼の碧眼に自分の姿が映っているのがよく見えた。心臓の音が大きすぎて周りの音が聞こえない。エマにはギル以外が見えなくなった。

「俺は君を……」

「……様ー！　お時間ですよ。どこに行かれたんですか」

そのとき廊下から響いた声に、ギルは飛び上がるように驚いて、急に慌てだす。

「あの声はリアン！　ああくそっ。……すまない、エマ。また来る」

「え、あ、ギル？」

顔を真っ赤にしたまま硬直したエマはその場に残される。

すばやく外に出たギルの「リアン、こんなところにまで捜しに来るな！」という叫び声は、だんだん遠ざかっていった。

止めていた息を吐き出すのと同時に体の力が抜けて、エマはずるずるとへたり込む。

「今の……なに？」

今まではふたりきりでいても、ギルはエマを警戒させるような距離を取ったことはなかった。なのに今は、ともすれば抱きしめられそうなほど接近していた。

「こんなの……勘違いしちゃうじゃない」

思い出すだけで頭が沸騰しそうだ。エマはしばらく、真っ赤になったまま床の上に座り込んでいた。


コッコツ、という固い音がエマの脳内に届いたのはしばらく経ってからのことだ。バームが小窓を外からつついて、「おい、エマ、開けてよ」とぼやいている。

「あ、ごめん」

「なにボーっとしてるんだよ。僕、もうくちばしが痛いよ」

エマは慌てて立ち上がり、小窓を開けた。すぐにバームが入り込んできてエマの肩に止まる。

「どうしたの、バーム」

「よく来る騎士団の偉いにーちゃん。怪我したぜ？」

「え？」

小窓からではよく見えないので、エマは寝室の大きな窓から身を乗り出すようにして騎士団のほうを確認した。ちょうどセオドアが担架にのせられるところだ。「すみません、すみませんっ」と見習い風の騎士団員が半泣きで傍らについている。

「大変！」

手当てをと思ってエマが部屋を出ると、廊下の向かい側では医師が治療室の扉を開け、待ち構えていた。

「あの、私、よければ手伝います」

医療行為はできなくとも、補助くらいはできる。そんな申し出に、医師は不快そうに彼女をきつく睨むと、手を振って追い払おうとした。

「近づくな小娘。セオドア殿は男爵家の跡取りだ。私が診る」

やがて、担架にのせられたセオドアとともに、数人の騎士が一緒に治療室へ入っていった。

廊下に残ったふたりの騎士は、顔を見合わせながら外へ戻ろうとしていた。

「珍しいな。隊長がギルの槍を避けられないなんて」

「本当だな、あいつはあいつで半泣きだったけど大丈夫かな」

騎士たちの会話にギルの名前を聞いて、エマは慌ててふたりを追いかける。

「ちょっと待ってください。ギルって。セオドア様と戦っていたのはギルだったの？」

「あ、グリーンリーフのエマちゃんじゃん。そうだよ。たまには稽古つけてやるって言って、セオドア様が」

「ギル、セオドア様を尊敬してるからな。怪我させたのショックだったんだろうな」

「ギルはどこに？」

「今、中に入っていったじゃないか」

エマは一瞬息を止めた。中に入っていった騎士の顔は全部見たが、その中にエマの知るギルはいなかった。

「ギルが？　本当に？」

「ああ、ギルネス。ギルネス＝ハーバーのことだろ？」

エマの知るギルの名前とは違う。エマはホッとしたが、ではあのギルはどこにいるのか疑問も湧いてきた。

「ほかに、騎士団にギルという名前の方はいますか？」

エマの問いかけに、男は目をぱちくりとした。

「いや、第二分隊にはいないよ？　第一分隊にもいなかった気がするけど、新人が入っていたならわからないな」

「そうですか。ありがとう」

エマは見送り、疑問に思った。

セオドアとギルは仲がいいから、エマはてっきり同じ分隊にいるのだと思っていた。だけど、バームもギルの姿を見ていないというし、エマもギルが訓練しているところを見たことはない。

「……きっと、目立たない新入りさんとかなのよね」

でも、彼はセオドアを呼び捨てにしていた。セオドアは第二分隊の隊長だ。いくら人柄が気さくだといっても、自分より若い新人がなれなれしい態度を取れば、叱るのが普通だ。

考え始めると疑問は幾つも出てくる。来てくれるのがうれしくて、考えないようにしていたけれど、ギルが毎日午後に薬室に来られるのもおかしなことなのだ。騎士団の訓練は通常夕方まで行われるのだから。

小さな不安がエマの中で芽吹く。けれど、頭を振って追い払った。

彼が誰であるかは、薬屋としてのエマには関係ない。彼は薬屋にハーブティーを飲みたくてやって来るお客様。金払いもいいし、なんの問題もない。

〝あなたは何者なの？〟

そんな疑問を投げかけたら、ギルはもう来てくれなくなるかもしれない。

背筋がぞっとするような感覚に襲われて、エマは自分の体を抱きしめる。

「……そう、彼はお客様。余計な情報はいらないのよ」

エマは半ば無理やりに疑問を押し込めた。


エマがお店を閉めた夕方六時過ぎに、こっそりとやって来たのはセオドアだった。

「セオドア様！　大丈夫なんですか？　お怪我は？」

「やあエマ。もう仕事終わりなのに悪いんだが、痛み止めをもらえないか？　医師の薬は全然効かなくて困っているんだ」

セオドアはうしろの扉を気にしながらこっそりと言う。エマの薬を毛嫌いしている医師に知られたら大変だ。

「まあ。……でも、飲みすぎになるといけませんから、医師様の薬がどんなのだったか教えてもらえますか？」

セオドアは処方されている粉薬をエマに見せる。エマはきちんと確認するために、セオドアを中に招き入れた。

「これを飲んでいらっしゃるのなら、一滴でも多すぎるかな。……量の微調整が難しいので、お茶でお出しします。どうぞ」

「ああ、悪いな」

セオドアの肩に包帯が巻かれているのが服の上からもわかった。槍での怪我だということだが範囲は広そうだ。

「お怪我なさるなんて珍しいですね」

「ああ、少しぼうっとしていてな」

エマはお茶を入れ、痛み止めの薬を、スプーンを伝わせるようにしてほんの少しだけ入れてかき混ぜた。

（セオドア様なら、ギルが本当は騎士団員じゃないかどうかも知っているはず……）

エマは迷っていた。彼が本当は何者なのか知りたい。でも知ることもまた怖い。

もし、ギルが騎士団員じゃなかったら？　それを知ってしまったら、今までのようにはできなくなるんじゃないだろうか。

心を決められないままセオドアの前にお茶を置き、彼の顔をうかがうと、彼のほうもなにか言いたげにチラチラとエマを見つめ、やがて思いきったように口を開いた。

「ヴァレリア殿がな。……王太子様の妃候補となったんだ」

「ええ。聞いています」

セオドアはうつむいたまま「そうか」とつぶやき、エマの目にもあきらかに肩を落とした。

「……めでたいことのはずなんだ。ヴァレリア殿なら家柄もよく、清楚で気品があって、騎士団員からもどの貴族の子息からも人気だ。彼女が王太子妃になることをみんなは望んでいる。もうひとりの候補者であるシャーリーン殿よりも家の格もいい。……なのに」

セオドアは頭をぐしゃぐしゃとかき回し、動かした肩の痛みに顔をしかめる。

「俺は喜べない。それどころか、そのことで頭がいっぱいでこんな怪我まで」

「セオドア様。……ヴァレリア様がお好きなんですね？」

「……情けない話だ。もともと手が届くような人でもないのに、ちょっと話しただけで俺は彼女の魅力にあっという間にまいってしまった。……すまんな、エマ。君に愚痴っても仕方ないのに」

「かまいませんよ。話してお心が楽になるならいくらでも」

「ありがとう。……彼女が王太子様のものになると思うだけで、こんなふうにダメになるのでは、隊長も失格だ」

セオドアの落ち込みは本格的だ。彼女もあなたを思っています、と言いたくなったがエマは必死にこらえる。

「セオドア様。……その怪我では訓練には出られないんでしょう？　明日も薬を飲みにいらしてください」

「ん？　ああ」

「そうですね。午後のお茶の時間に。おいしいものを用意しておきますから」

「ああ。悪かったな、エマ。時間外に」

追い立てられたような気持ちになったのか、セオドアは苦笑して立ち上がった。

扉が閉まる音を聞きつけ、寝室にいたバームが、隙間を抜けて飛んでくる。

「なにを考えているんだ？　エマ」

「バーム。聞いてたの？　……思い合っているんだもの。ふたりで話す時間さえ取れれば、きっとうまくいくはずだわ。明日、ヴァレリア様とここで鉢合わせできるようにがんばってみる」

「お嬢さんのほうはどうやって呼び出すんだ？」

「午後ならギルがお茶を飲みに来るから、……ギルに頼んで呼びに行ってもらう」

社交期の多くの貴族は城下町に建ててある別邸に住むか、王城に部屋をもらっている。ヴァレリアは王家の遠縁にもあたるため、城の中に部屋があるはずだ。それが何階のどの部屋なのかも、エマにはわからないが。

「ギルね。……あいつもなんか怪しいんだよなぁ」

バームのつぶやきが耳に障る。でも今はエマも疑問を抱いているので反論はできず
「そうね」と同意する。

「お、ついにエマもそう思い始めた？」

「秘密はあるのかなって思う。……悪い人だとは思ってないけど」

「あいつが騎士団員ってのは、きっと嘘だぜ。僕は第一分隊の訓練も第二分隊の訓練も見たけど、あんな目立つ顔にはお目にかからなかったもん」

「で、でも。彼が誰でも、私のお客様であることは変わりないわ。薬やハーブティーを気に入ってくれているんだから、悪いお客じゃないでしょう」

「はいはい。エマもあれかな。〝恋は盲目〟」

「なっ」

「おおこわ。僕は寝るよ。じゃあね」

ばさりと飛び立ち、バームは寝室の棚の上に陣取った。エマは火照った頬を冷やす

ために窓を開け、風を浴びる。

「どうせ……恋なんてしたって、叶うわけないじゃない」

そしてうつむいて、誰にも聞こえないような小さな声で、エマはつぶやく。

「私、普通の人間じゃないもの」

ギルが何者であろうと、本当は関係がないのだ。身分があろうがなかろうが、魔女だということを受け入れてくれる人間なんているはずがない。バレたら彼の前から身を隠さなければならないのだから。

「泣くなよ、エマ」

優しいバームの声。エマは唇を噛みしめたまま、鼻をすする。

「泣いてなんかない」

「はいはい」

バームはひらりと下りてきて、エマのベッドの棚に止まる。

「エマはかわいいよ」

「どこのプレイボーイよ、バーム」

「本当だ。僕のかわいい女の子だよ。ずっと、昔からね。だから安心して寝ろって」

格好つけるバームに、エマは思わず笑ってしまう。

そうだ、くよくよしていても仕方ない。そう思えて、エマは少しだけ元気を取り戻した。

「……ありがとう、バーム」

「ふん。手がかかるね、君は」

「うん。だから私の使い魔になってくれたんでしょ?」

「君が泣いてたからだろ」

エマとバームが出会ったのは、十年前だ。エマは十歳で、クラリスを筆頭とした魔女たちとともに、川沿いに建つノーベリー領の端にある屋敷に住んでいた。そこの庭に集まるマグパイの中で、なぜか一羽だけよく目が合う鳥だった。

あそこには同じ年頃の子供がいなくて、エマの遊び相手はジュリアだけ。だからジュリアと喧嘩したらエマは独りぼっちになる。親に泣きつけるのは妹の特権だ。

『使い魔と契約する呪文を教えて?』

エマはベティにそうねだり、バームとエマは契約をした。それからエマはもう独りぼっちだと思わなくなった。バームが、ずっと一緒にいてくれるから。

「ありがとうね。大好きよ、バーム」

「……お休み」

寂しい夜もバームがいれば寂しくない。エマは父親に見守られているような安心感にホッとして、ようやくベッドに入る気になった。

翌日、午後一番にやって来たギルに、エマは「ヴァレリア様を呼んできてほしい」と頼んだ。ギルの素性についても気にはなるが、とりあえずわきに置くことにする。まずはセオドアとヴァレリアのことが片づいてからだ。

だがギルは少し渋っていた。

「ヴァレリア殿を？　ああ、王太子のことなら心配することはないよ。彼女のことは選ばない。それより今は俺の話を……」

「昨日、セオドア様が怪我をしたでしょ？」

「セオドアが？」

ギルは一瞬、本気で驚いた顔をした。

「医師様の治療を受けたけれど、私のところにも痛み止めを飲みに来るのよ。セオドア様、ヴァレリア様のことが気になって、訓練に集中できなかったそうなの。ね、お願い。ふたりを引き合わせてあげたいの。お茶の時間に薬を飲みに来てくださいと、セオドア様には言ってあるから、ヴァレリア様を呼んできてくれない？」

口ごもっていたギルが、一転、やる気を見せる。

「わかった。ヴァレリア殿が部屋にいるかどうかはわからないけど行ってみよう」

うなずいて踵を返すギルを見送って、エマはやはりと確信する。

本当に彼が騎士団員ならば、第二分隊の隊長まで務めるセオドアの怪我を知らないはずはない。

彼の立場はおそらくもっと上なのだ。セオドアと対等に話せて、団員でもないのに騎士団服を着ていても叱責されない。加えて、先ほどの言動を加味すれば、王太子にも進言できる立場の人間だというのもわかる。

（貴族の中でもきっと上の立場の人間なんだ。侯爵様？　伯爵様？　……私にはわからないけれど、雲の上の人であることは間違いない。じゃあなぜ身分を隠すの？　私をからかって楽しんでいるの？）

ギルが戻ってきても、もうエマにとって、昨日までの気さくで話しやすい騎士団の青年ではない。胸が締めつけられるようだった。

「……ギルは、いったい何者なの」

知ったところでどうなるわけでもない。もともと、彼と恋人になるなんて夢のまた夢だ。

だけど、遊びでからかわれていたのだと思ったら、悲しかった。

一方のギルバートは、自分の失言にはまったく気づいていなかった。

彼は昨日から、縁談を破談に持ち込む方法を考え続けていて、今も頭がいっぱいなのだ。

ヴァレリアに関してはもう問題ない。むしろセオドアとの間を取り持ってやって、大事な家臣の恋路を応援したとなればそれなりに体裁が保てる。

問題はシャーリーンのほうだ。

舞踏会やお茶会でも積極的に話しかけてくるから、彼女がギルバートに執心しているのは誰もが知っている。彼女を傷つけず、伯爵の体面もつぶさずに結婚を断る方法……それがギルバートには思いつかない。

「あ、失礼」

「痛いじゃないの。気をつけてよ」

考えごとをしていたせいで周りに目がいっておらず、角を曲がったところでギルバートは令嬢とそのお付きの侍女とぶつかった。

(げ、シャーリーン殿)

彼女は騎士団の制服しか見ていないようで、ギルバートだと気づいた様子はない。そそくさと立ち去るときに、侍女の「お嬢様、今の……」という声が聞こえ、慌てて手近の部屋に身をひそめた。

「王太子様？　嘘、どこ行ったの。いないわ」

シャーリーンが歩き回る音がする。ギルバートはしばらく待ち、彼女たちの気配がなくなったところでこそこそと部屋を出た。ヴァレリアの部屋に向かうのに、変装したままの姿ではまずいので、騎士団の紋章入りの上着は脱いで腕にかけ、先を急ぐ。

「はい、どちら様ですか。……まあ、これは、王太子様」

「侍女殿。ヴァレリア殿はいらっしゃるかな。内密の話があるのだが」

「まあっ。おりますわ。ぜひお入りになってください」

「いや。……ちょっと来てもらいたいんだ。彼女を借りるよ」

ヴァレリアの侍女は、慌てて奥に入り、ヴァレリアを呼んできた。

「まあ、ギルバート様」

「ヴァレリア殿、昨日はどうも。実はね、セオドアが怪我をしたらしいんだ」

「ええ？」

ヴァレリアの白い顔が一気に青ざめる。

「だ、大丈夫なんですか、セオドア様は」

普段はおどおどと距離を置いて話してくるヴァレリアが、必死に詰め寄ってくるのを見て、ギルバートは微笑んだ。

「大丈夫、命に別状はないらしいよ。……それにしても、あなたが、俺の顔をちゃんと見るのは初めてだね」

「え？」

ヴァレリアは王太子の服を掴んでいる自分に気づくと、慌てて手を放す。

「す、すみません。こんなはしたないこと」

「いや。それだけセオドアのことが心配なんだろう？ ……昨日も言った通り、俺とあなたの利害は一致している。君の恋を応援するよ」

「はい、ありがとうございます」

ヴァレリアはすっかり安心して、侍女には「王太子様と散歩してきます」と告げ廊下に出る。

ふたりで並んで歩きながらも、ヴァレリアは珍しく気が急いて仕方がなかった。

「セオドア様は本当にご無事なんですか？」

「ああ。薬室に薬を飲みに来るそうだ。ちゃんと顔を見て君の気持ちを伝えるといい」

「でも……、あきれられたりしないかしら。私、この間セオドア様に、王太子様に気に入られなくて困っているなんて相談をしてしまったのに」

「恋をするのに理屈はないだろう？　君があいつを好きだと思ったのならそれを素直に伝えればいいんだ」

「それに、お父様にもきっと怒られるわ」

「マクレガー侯爵は俺が説得してあげよう。セオドアは将来、騎士団を率いて国の守りの要になる男だよ。家柄だけで考えるのは有能な侯爵のすることではない、とね」

「ありがとうございます。ギルバート様」

頬を染めて笑うヴァレリアは咲きたての薔薇のようだ。ギルバートも朗らかに笑っていて、通りすがる使用人たちは、微笑ましく仲睦まじい彼らを見つめている。そんな人の中に、シャーリーンもいたことを、このとき、ふたりは気づいていなかった。

一方、エマはなかなか戻ってこないギルにやきもきしていた。

セオドアはだいぶ前に来て、痛み止めの入ったお茶を飲み終えようとしている。訓練にも出られないので、ついついヴァレリアの結婚のことばかり考えてしまうらしく、エマ相手に昨日の繰り返しのような話を続けていた。

「あ、いらっしゃったわ」

そこに、ギルとヴァレリアがそろって入って来て、セオドアは驚きのあまりお茶を噴き出した。テーブルの上にしぶきが広がり、エマも焦る。

「セオドア様、汚い！」

「す、すまん。いや、びっくりして」

エマは慌てて濡れたテーブルを拭き、セオドアも腕で自分の口もとをぬぐう。

その間に、ヴァレリアはセオドアのすぐわきまで来て、包帯が巻かれて服の上からも膨らんでいるセオドアの肩を、痛々しそうに見つめた。

「……ヴァレリア殿」

セオドアの声は低く、硬い。緊張が伝わってきてエマまでドキドキしてきた。

一方のヴァレリアも、今にも泣きだしそうなか細い声で答えた。

「痛みは？　怪我の状態はどうなんです？」

「大丈夫ですよ。かすり傷です」

「お怪我なさるなんて。……騎士団ですものね、体を張って私たちを守ってくださっているのよね。よかった。ご無事で……」

うっすらと涙を浮かべて深々と安堵の息を漏らすヴァレリアは殺人級にかわいらしい。実際、セオドアは胸を打ち抜かれたように悶えている。

「ヴァ、ヴァレリア殿。なっ泣かないでください。これはそんなにたいそうな怪我では。というか、なぜ怪我のことを」

「俺が教えたんだ。ヴァレリア殿はセオドアが心配で、慌ててここに来たのさ」

ギルが笑い、真っ赤になったセオドアをからかうように続けた。

「どうだ。この国一の美人に心配された気持ちは」

「なっ……、からかわないでいただきたい。……ヴァレリア殿、どうか涙を拭いてください。あなたの悲しそうな顔は見ていたくありません」

「す、すみません。すぐに泣きやみますから。どうか、嫌わないでくださいませ」

「嫌うなんてそんな……」

「私。……その。あの」

「ヴァレリア殿。……俺は、その」

どう見てもお互い思い合っているのに、もじもじとしながら遅々として進まないふたりの会話は、はたから見ているとじれったい。

エマは思いついて、ふたり分のお茶を入れた。そして、セオドアとヴァレリアの目の前で、惚れ薬の小瓶を掲げる。

「エマ？」

「おまじないをしますね。これは恋の薬です。ほんの少しだけ、お茶に混ぜます」

ぽとりと落ちた一滴が、水面を揺らす。エマはそれをスプーンでかき混ぜた。

「飲んだら、目の前にいる人を好きになってしまうとしたら、どうしますか？」

セオドアもヴァレリアもぎょっとし、互いに顔を見合わせた。そしてヴァレリアが先に、意を決したようにカップに手を伸ばす。

「……飲みますわ。目の前にいる方が、私が本当に大好きな人ですもの……！」

「俺だって……え？」

セオドアは驚き、思わず彼女の手を握る。強制的に方向を変えられたヴァレリアの指先はカップにあたり、テーブルの上で傾いてこぼれた。

「うわ、大変」

エマは再びこぼれた紅茶を拭く羽目になった。が、今度は謝罪の言葉はなかった。セオドアもヴァレリアもお互いしか見えていない様子で、見つめ合っている。

「嘘だ。侯爵令嬢のあなたが、……俺なんかに」

「優しく私の話を聞いてくださったのも、内面まで褒めてくださったのも、あなただけですわ。みんな、私の外見に惹かれているだけのように思えます。でもあなたは違うでしょう？　私、初めてお話したあの日から、あなたのことしか考えられなくなりました。あなたが好きなんです」

「俺だって、ひと目惚れです。あなたの清らかな心に、触れてみたいと願ってしまう自分を、どうやって消そうかとずっと苦悩していたのに」

「消さないで。私をちゃんと見つめてください」

「ヴァレリア……！」

完全にふたりの世界に入っている。

エマは彼らの下でできるだけ気配を消しながら、とりあえずお茶で汚した部分を拭き取り、こそこそとギルのそばまで移動する。

「どうやらうまくいったようだな」

ギルが端正な顔をくしゃりと崩して、エマに笑いかけた。

視線の先には、頬を染めて見つめ合うセオドアとヴァレリアの姿。まるで恋愛物語の表紙にでもなりそうな光景に、エマも胸をときめかす。

「素敵ね。身分なんて関係なく、人を好きになれるなんて」

「ああ……」

（惚れ薬なんてなくても、本物の恋はうまくいくんだわ）

エマはそう実感し、先ほど使った、まだテーブルにのったままの惚れ薬を見つめる。

(みんなが帰ったら、あの薬は捨てよう)

薬の力で誰かに好きなってもらおうなんて、やっぱり間違っている。シャーリーンに薬ができないと言えば、ここを追い出されるかもしれないけれど、それも仕方ないとエマは思った。

(どちらにせよ、ギルとは身分違いなんだから、この気持ちを抑えていられるうちに離れたほうがいいのかもしれない)

エマが悲しい決意を心の中で固めたときだ。

ふと、手に温かいものが触れた。見るとギルがエマの指先へと手を伸ばし、熱っぽい瞳で彼女を見つめている。

「ギル?」

「エマ。……俺は」

ぎゅ、と手を握られる。どくんと響いた心臓の音は、エマの中で反響してどんどん大きくなっていく。彼の瞳から目を離せない。吸い込まれてしまったように、周りの音も聞こえなくなっていく。

「ギル……」

「ずっと君に言わなきゃいけないと思っていたことがあるんだ。まず、これだけは言っておく。俺は君が好きだ。君に会いたくてここに来ているんだ」

一瞬、エマは驚きのあまり呼吸ができなくなった。喉がつまり、ひと言発するだけのことにすごく時間がかかる。

「……ギ」

ギルは照れたように目を泳がせながらも、エマの手をより強く握る。

「教えてほしい。君は、俺のことを……」

そのとき、入り口の扉が大きく開け放たれ、シャーリーンが飛び込んできた。そして、エマにとっては信じられない言葉を叫んだ。

「王太子様っ」

「え?」

「げっ、シャーリーン殿」

シャーリーンはギルがエマの手を握っているのをしっかり確認し、今にも悲鳴を上げそうな顔でふたりの間に割って入った。

「なにをなさっているんですか。平民の娘を相手に。騎士団の格好なんかなさって」

「……え?」

エマは瞬きをしてギルを見つめる。

先ほどまでの甘い雰囲気は一気に吹き飛び、エマは今、信じられない事実を前にして呆然としていた。

（……嘘。ギルが王太子様？）

我に返ったセオドアとヴァレリアも、乱入してきたシャーリーンに注目した。

皆の視線を一身に浴び、シャーリーンは勝ち誇ったようにギルの腕に自らの腕を絡ませ、ヴァレリアに挑むように告げた。

「おふたりで歩いているからついてきてみれば。まさか、ヴァレリア様にほかのお相手がいるとは知りませんでしたわ。王太子様を隠れ蓑にするなんて、さすが侯爵家の令嬢ですこと。……これは事実上の離脱宣言と受け取ってよろしいのですよね？　では、王太子様の妃は私に決まりですわ」

「シャーリーン殿、黙ってくれ」

「まあ、どうして？」

「黙れ！」

ギルの鋭い声に、その場にいた全員が体をびくつかせた。

それはエマも同じで、ギルに肩を掴まれた瞬間、思わず飛びのいてしまった。恐る恐る見上げると、ギルはとても悲しそうに、エマを見つめている。

「エマ。誤解しないでくれ。俺の気持ちはさっき言った通りだ。あとで説明するから」

エマに向かってそう言った後、唇を引き締めてシャーリーンに鋭い視線を向ける。

「……シャーリーン殿、話がある。こちらへ」

「はい！　どこまでもついていきますわ。ギルバート様」

嬉々として出ていくシャーリーンのうしろ姿に、エマは絶望する。

間違いなくギルが〝ギルバート王太子殿下〟だと、思い知らされた。信じたくはなかったが、そうであればすべての疑問に納得がいく。

愛称が〝ギル〟であることも、昼間にお茶を飲むための時間が取れるのも、騎士服を手に入れることも、王太子ならば可能だ。もちろん、セオドアにもヴァレリアにも、命令できる立場だ。

「……嘘つき」

ギルバートとシャーリーンが扉の向こうに消えたところで、エマの瞳に大粒の涙が湧き上がる。ぎょっとしたのはセオドアだ。ギルバートの代わりにとばかりに慌てて弁明を始める。

「エマ、聞いてほしい。ギルは君を騙すつもりでは……」

「騙していたじゃない……！」

エマは反射的にセオドアに怒鳴り返していた。

「騎士団の人間だって、セオドア様も言っていたじゃない。王太子様だなんて知っていたら、あんな失礼なことしなかった」

「エマ、違うんだ。殿下は君と話すのが楽しくて、それで正体を明かすのをためらっていたんだ」

「楽しい？　ええ、楽しいわよね。ただの町娘が、王太子様にのぼせていくのを見ていたんだものね？」

「エマ！」

「私、うれしかったのに。……お茶を飲みに来て、ハーブの話を聞いて笑ってくれるのが。……なによりも楽しかったのに」

そのまま泣き崩れるエマに、セオドアもヴァレリアも返す言葉を見つけられない。

しばらくの間エマの嗚咽だけが部屋に響き、ヴァレリアは戸惑ったまま、ただエマの背中をさすっていた。

「……帰ってください」

沈黙を破ったのは、エマのほうだ。

「おふたりも、本当だったら私なんかが気軽にお話しすることなどできないほど高貴な身分の方たちです」

「エマ」

「もう帰って！」

取りつく島もなく耳をふさぐエマに、セオドアはあきらめて、ヴァレリアの肩を抱き、歩きだす。扉の前で立ち止まり、ひと言だけ優しい声で伝えた。

「これだけはわかってほしい。殿下は、君の前では〝ギル〟でいたいと言ったんだ」

エマは答えない。耳をふさいだまま、じっとしてうずくまっている。

「君に嘘をついたのは本当だけど、君といたときのギルは本当のあいつだよ。むしろ、王太子として人の前に立っているときのほうがつくり物のギルバートだ。君の前ではずっと素のままのギルバートでいたくて、それでなかなか打ち明けられなかったんだと俺は思うよ」

それだけ言って、セオドアは扉を閉めた。

ひとりになったエマは、膝を抱えたまま大きな声で泣いた。

小窓をたたく、コツコツという音がする。バームが開けろと言っているのだ。けれど窓を開けることさえ今はわずらわしい。窓をたたく音は、エマが泣きやむまでずっと続いていた。

三十分も経っただろうか、いつまでも窓をつつくのをやめないバームのおかげで、エマは自分を取り戻した。

泣いてばかりではバームを心配させてしまう。目尻を拭き、もう大丈夫だとバームに言おうと立ち上がる。

シャーリーンが再びやって来たのは、そのタイミングだ。

「……シャーリーン様？」

「あなた、嘘をついたわね？　ちゃんとできているんじゃないの、惚れ薬」

そのまま奥のソファに近づくと、テーブルの上に置かれた小瓶を手に取った。

「あ、それは……」

「さっきの話、聞いていたのよ。これ本物なんでしょう？　ヴァレリア様があの騎士に恋をしたのはきっとこれのおかげね。王太子様があなたを好きって言ったのも、薬のせいなんでしょう？　でなきゃあなたみたいな平民の、貧相な女、王太子様が好きになるわけないじゃないの。まるで魔女ね！　こんな薬で男をたぶらかして」

〝魔女〟という言葉に、エマは体をびくりと震わせた。

「あ、あなたがつくれって言ったんじゃないですか」

「ええ、そうよ。だからこれはもらうわね。こんな薬があったら、あなたが悪いことをするもの。没収よ。この薬をつくったこと、誰にも漏らしちゃダメよ。でないと私、あなたが魔女で王家の乗っ取りをたくらんでいるってお父様に言うわ」

「な……、そんなのでまかせよ。ひどいわ！」

「ひどくなんかないわよ。これは交換条件。この薬をつくらせたのが私だってこと、一生黙っていてくれたら、あなたの家を支援し続けるようお父様にお願いしてあげる。ほら、あなたにだってメリットがあるわ」

「そんなのいりません。返してください」

薬を奪い取ろうと駆け寄って、エマは驚きで一瞬動きを止めた。

シャーリーンの瞳も、まるで泣いた後のように潤んでいるのだ。そのためらいの間に、シャーリーンはエマを振り払う。

「じゃあね。約束よ。けっして他言しないこと」

言い捨てて、シャーリーンは踵を返した。

追いかけようとしたエマの目の前で、すべての終わりを告げるように扉が閉まった。

シャーリーンがけたたましく去っていき、エマはほうけたまま、店の札を【close】にかけなおした。まだ時間は早かったが、とても営業などする気分ではない。

小窓を開けると、ずっと窓をつついていたバームがようやくか、と中に入ってくる。

「エマ……大丈夫か？」

「うん。聞こえてた？」

バームは肩に止まり、もちろん、とつぶやく。そして、エマの頬にすりつけるように羽を寄せた。

「あいつ、王太子だって？」

「うん。貴族様かもしれないとは思ってたけど、まさかの大物すぎてびっくりした」

エマは明るい声で答えようとしたが失敗した。すぐに涙が浮かび上がってくる。

「泣くなよ。エマ」

「おかしいな。止まらない。彼が何者でも結果は同じなのにね。私みたいな平民が、どうこうなれる相手じゃないってのは」

「悲しいのはそこじゃないんだろ。エマは騙されていたことが悲しいんだ」

長年一緒にいるからなのか、バームは実に的確にエマの気持ちを言いあてる。

「……うん」

「よしよし」

バームの羽がエマの頬をなでていく。それに甘えるようにエマがひとしきり涙に濡れていると、やがて扉をたたく音が聞こえてきた。

「エマ、俺だ。開けてくれ」

ギルバートの声だ。

エマは慌てて扉に駆け寄り、鍵をかけて自らの体で扉を押さえた。

「今日はもう終わりです。帰ってください」

「嘘をついていたのは悪かった。話を聞いてくれ」

「王太子様に不敬を働いていたことは謝ります」

「エマ、そうじゃない。頼むから。入れてくれ！」

彼の声は必死だ。だけど、エマのささくれ立った気持ちは、もとには戻らない。

どういうつもりで好きだと言ってくれたのかはわからないが、エマは信じるわけにはいかなかった。王太子は今、妃を選ばなければならないのだ。

「……王族に薬は処方するなと、医師様からきつく言われています。今までは知らなかったこととはいえ、申し訳ありませんでした。もう二度と来ないでください」

「エマ」

「シャーリーン様がお妃様になるんでしょう?」

「俺は君がいいんだ!」

ガタガタと、扉が激しく揺らされる。同じように、エマの心も揺らされていた。

「聞いてくれ、エマ。俺はずっと妃となる女性を探せと言われていた。だから仕方なく舞踏会にも出たけど……でも誰も、俺の心を動かしたりはしなかった。……君だけだよ。俺を心から楽しませてくれたのは」

胸を締めつけてくる彼の言葉。エマだって、一緒にいてこんなにも楽しいと思える男性は、ギルだけだった。「私だって」と言いたい気持ちをぐっとこらえる。

「俺は君を妃に迎えたい。……頼む、エマ。ここを開けて、イエスと言ってくれ。そうしたら、どんなに反対されても俺は父上を説得する。俺が好きなのは、シャーリーン殿じゃない。もちろんヴァレリア殿でもない。どんなに美しく気品のある令嬢より、俺の隣で屈託なく笑ってくれる君のほうがいい。……頼むよ、エマ」

夢にまで見た愛の告白は、もちろんうれしかった。だけど、ただ平民というだけではない、エマは魔女なのだ。魔女が王太子妃になるなんて、許されるはずがない。

「無理よ。……超えられる身分ではありません。お帰りください」

「エマ！」

「私が恋をしたのは、騎士様の〝ギル〟です。王太子様じゃない。……あなたが王太子様だなんて、知りたくなかった」

扉をたたく音が止まった。そして、ゆっくりと足音が遠ざかっていく。

しばらくの間、エマは動く気になれず、扉に背を預けたまま座り込んでいた。心配そうにエマの周りを飛び回るバームの羽音だけが響く。

「あいつ、帰ったみたいだな。……いいのか？　エマ」

「……だってどうしようもないでしょう？」

自嘲気味に言ったエマに、バームも返す言葉を持たなかった。バームにできたのは、倒れてしまいそうなエマをなんとか急き立ててベッドに連れていくことくらいだった。

翌日も執務の合間を縫って、ギルバートはグリーンリーフを訪れた。

しかし、エマは瞳も合わせない。それどころか中に入れようともしない。交わす言葉は「お帰りください」だけだ。

正体がバレたこともあって、今のギルバートは変装をしていない。エマにはそれがまぶしくて、余計に身分の違いを突きつけられているような気がしてしまう。

ギルバートは紳士的な態度を捨て、強引に中に入り込んだ。

「エマ。話を聞いてくれ」

「誤解を招くから、もう来ないでください」

「なにが誤解だって言うんだ。俺は君が好きなんだ。君を妃にしたい。その気持ちに嘘などない」

「エマ！」

「国王様がけっしてお許しになりません。もうやめてください」

ギルバートが真摯な態度で愛情を表現してくれるたびに、心が切り刻まれそうだ。

しびれを切らしたように、ギルバートがエマの腕を掴んで振り向かせる。

「じゃあどうすればいいんだ。俺が王太子でなければ……受け入れてくれるのか？」

ただでさえ、心を殺して突き放しているのだ。これ以上の甘い言葉はエマにはつらいだけ。こらえきれず目尻に浮かんだ涙に、ギルバートも一瞬ためらいを見せる。

「もう……離して」

「ギュルッギュルッ」

威嚇するような声をあげて入ってきたのはバームだ。大きく羽を広げて、ギルバートを狙うように飛んでくる。

「危ない！」

ギルバートは咄嗟にエマを守るように抱きしめた。バームはエマにあたってはと、途中で旋回し威嚇だけを続ける。彼の腕の中、エマはこのままでいたいという思いと格闘しながら、彼の胸を押し返す。

「離して。危ないのはあなたよ、もう帰って。……バームもやめて」

しかしバームは威嚇をやめない。バームは本気だ。いつだって兄のようにエマを心配しているのだ。このままではギルバートに危害を及ぼすだろう。

エマは彼の手を、力を込めてたたいた。

「もうこれ以上、私を惑わさないで。……帰ってくださいっ」

弾かれた手と、途端におとなしくなり彼女の肩にのるマグパイを見て、ギルバートは絶望した。あきらかな拒絶の意思を感じ取って、唇を噛みしめる。

「……わかった。悪かった」

ギルバートはとぼとぼと部屋を出ていく。

「ふん。行ったな。腰抜けめ」

バームが吐き捨てた言葉に、エマはついに涙をこぼす。

「腰抜けなんかじゃないわ」

「エマ」

「……ひどいこと言わないで、バーム」

そのまま、嗚咽をあげ始めたエマに、バームはバツが悪くなりひと声鳴いた。

「ちぇ。僕は嫌いだよ、あんなやつ。僕のエマをこんなに泣かせるんだから」


「おお、待っておったぞ」

ギルバートが傷心のまま部屋に戻ると、国王が待ち構えていた。

その善人そうな顔を見ると胃が痛くなる。尊敬する父親ではあるが、こと結婚に関しては窮地に追い込んだこの父を憎らしいと思う気持ちを隠せずにいた。

「そろそろ心が決まったかと思ってな。どうだ。ヴァレリア殿かシャーリーン殿か？」

「俺はどちらも好きではありません。それに、ヴァレリア殿には恋しいお方がいるようだ。俺はその恋路を邪魔する気はありません」

「では、シャーリーン殿を選べばいい。ちょっと気は強い娘だが、あの美しさは希少だし、はきはきしていて……」

流れるように進んでいく国王の話を、ギルバートは壁をたたくことで遮った。

「父上。俺には心に決めた人がいるんです」

「なんだと？　誰だ？　それは」

「言えません。言えば、父上は無慈悲な対応を彼女にするでしょうから。俺が好きな人は、貴族ではありません。彼女にも、超えられる身分差ではないと言われました。彼女を忘れる努力はするつもりです。だけど、すぐほかの人と結婚なんて考えられない。……この話、一度白紙に戻してはいただけませんか」

「勝手なことを言うな。あんなに大々的に宣言したのに」

「勝手に宣言したのは父上でしょう！」

ギルバートからは冷静さが失われていた。頭がかっかとしてちっとも考えがまとまらない。涙交じりのエマの声だけが頭の中でこだましている。

「俺は初めて、一緒にいて心安らぐ女性と出会えたのです。だけど身分違いの恋だからと、彼女には振られました。ええ、仕方ありません。俺はこの国の王太子です。自分のわがままを通すわけにはいかないということくらいわかっていますよ！　だけど、今すぐほかの女性となんて考えたくもない。後生です、父上。せめて俺が彼女を忘れる間くらい、待ってはもらえませんか」

国王は、珍しく感情的になる息子にさすがに同情を禁じえなかった。

「ギルバート、私の息子よ。……夫婦というものは、結婚してから愛情を育てていくものだ。おまえの気持ちはわかった。結婚の発表はしばらく延ばしてもいい。だが、シャーリーン殿と話をしてみる気はないか。彼女の人となりをもっと知っていけば、おまえの傷ついた心が癒されるかもしれんぞ」

「……無理です。シャーリーン殿は苦手です」

「苦手と思い込んでいるからだよ。ゆっくり話せば、違う面も見えてくる」

ポン、と肩をたたいて、国王は部屋を出る。そして従者のリアンに言づけた。

「リアン、キンバリー伯爵に茶席を用意すると伝えろ。今のギルバートなら、優しい言葉にはほだされるだろう。令嬢にはできるだけ優しくギルバートに接するように伝えてくれ」

「はっ」

「それと。……ギルバートが最近通っているところはどこだ？　女に振られたというが相手はいったい……」

「それでしたら、ギルバート様は最近薬室に通っているようです」

「薬室？　キンバリー伯爵が招きたいと言っていたあれか。城内の使用人たちの評判はいいと聞いているが」

「栄養剤が効きますよ。私も調子の悪いときに飲みましたが、驚くほど元気が出ます。腰痛の湿布をいただいたこともありますがあれもすぐ効いて腰がまっすぐに……」

「わかったわかった。それより……店主は女なのだな？」

「ええ、まだ若い女性です。かわいらしい感じのお嬢さんで、薬の処方は的確です」

「優秀な薬屋なのか。それは惜しいが……」

国王は唇を引き締め、腕を組む。

「しかし、ギルバートの心を惑わすような輩は、この城には必要ない」

そう言うと、国王は意を決したように足早に歩きだした。


あの日以来、エマはシャーリーンを捜していた。

だが、彼女は城下町のキンバリー伯爵邸に住んでいるので、城を訪れたときしか会うチャンスがない。加えて、今はシャーリーンのほうから避けられている。

なんとかして惚れ薬を取り返さなければ、大変なことになってしまう。

（……だから禁止されているんだわ。ああもうどうしてあんな薬をつくってしまったんだろう。私ったら、なんて馬鹿なの）

一瞬でも自分の欲を優先しようとしたから、こんなことになったのだ。改めて、自分のうかつな行動を恥ずかしく思う。

エマとて仕事があるのだから、ずっと城門付近をうろついているわけにいかない。

結局、バームにすべてを打ち明けて、協力を仰ぐことにした。

「まさか本当に惚れ薬をつくっていたなんて。……馬鹿だなぁ、エマ」

「う……ごめんなさい」

「いや、僕もそそのかしたし。同罪だな。……じゃあ、キンバリー伯爵家の馬車が通ったら、エマに知らせに行けばいいんだな」

「うん。お願いね、バーム」

城門にバームが見張りについてくれれば、格段に楽だ。エマは薬室に戻り、バームからの報告を待ちながら仕事に集中できる。

午前中に、一度セオドアが薬室にやって来た。

「この間は、本当に悪かった」

大きな体をふたつに曲げ、真剣に謝られてはエマも冷たくする気にはなれない。

「セオドア様に謝っていただくことじゃありません」

「いや、俺がちゃんとギルバート様を止めるべきだった」

セオドアの顔からは苦悩がにじみ出ている。まだ肩の怪我が治らず、訓練には出ていない様子なので、エマはソファへと誘った。

「止めるって……どういう意味ですか」

「殿下が最初に出会ったときから君に興味を持っていたのは、気づいていたんだ」

「最初って、……城下町の店にいらしたときですか？」

ギルバートが通ってくれるのは、城に店を開いたからだと思っていた。

けれど、エマは国王からではなく、あくまでキンバリー伯爵の指示で薬室を開いていただけだ。医師の態度を見ていても、王家の人間はエマの薬をうさんくさいと考えていたとみて間違いない。

（なのにギルは私の薬を喜んでくれてた）

それ自体がすごいことだったと気づいて、エマの心はうれしさと切なさに揺れる。

「王太子という立場は、エマが思っているより気づまりなものなんだよ。自分のことより、国を優先しなきゃならないときが数多くある。……あの日はね、そんなギルの息抜きの日だったんだ」

「息抜き……ですか？」

「そう。俺とギルは幼馴染で、時々気晴らしに身分を忘れて野駆けに出かけるんだ。

そんなときにうっかり怪我をしてしまった。本来なら医師に見せなきゃいけないんだが、ギルは息抜きがバレるのが嫌で、そのままでいいと言い張ったんだ。だから俺が、君のところに連れていった。一国の王子になにかあっては大変だからね」

エマの記憶にあるギルは、ひどい怪我を負っていたにもかかわらず、どこか声も明るく、楽しそうだった。

「君が会っていた彼は、最初から素のままのギルなんだよ。王太子だと告げられなかったのは、彼があの時点で、君にとても惹かれていたからだと思う。きっと、君の前では最初に会ったときの自分でいたかったんだ。けっして君を騙そうとか、からかって楽しんでいたなんてことはないから、それだけは信じてやってくれないかな」

彼はいつだって生き生きとしていて、本当に楽しんでくれているのがエマに伝わるほどだった。だからこそエマだって、彼といるのが楽しかったのだ。

騙されていたとなじる気持ちは、今の話を聞いているうちにしぼんできていた。けれど、結局のところエマにはどうすることもできない。

「……べつに、ギルバート様のことを怒っているわけじゃありません。ただ、身分違いの恋だから……。私も彼のことを好きになってしまったから。だから冷たく突き放すしか方法がないんです」

「エマ」

「彼の言葉に甘えても、誰も私を妃にと認めてはくれません。それくらいわかっています。だから……彼に嫌われるしかない」

エマの瞳から、こらえきれなくなった涙がぽとりと落ちる。やがて嗚咽に変わっていくのを、セオドアはオロオロしながら見つめた。

「すまん……俺は余計なことばかり言ってしまうな」

エマは首を振ることで彼に答えた。

（薬を取り戻したら、母さんとここの仕事を交代してもらおう。これ以上彼のそばにいるなんて耐えられない。ここにいると、ギルのことばかり考えてしまうもの）

エマの悲痛な決意に水を差すように、窓をカツカツとたたく音がした。バームだ。

「うわ、なんだこのマグパイ」

「私の友達です」

驚くセオドアを横目に、エマは小窓を開け、バームを引き入れる。

「エマ、今キンバリー家の馬車が入っていったよ」

「わかったわ」

エマは涙をぬぐい、笑顔をつくった。

「すみません、セオドア様。ちょっと用事ができました」

「用事ができたって。……エマ、まさか鳥と話ができるのか？」

うっかり普通に話してしまって、エマはぎくりとしつつ、ごまかす。

「まさか。この子を見ていたら出かける用事を思い出しただけです。すみません、セオドア様。少しの間ここを閉めたいので」

「あ、ああ。では俺も出るよ」

セオドアを追い立て、エマは通りすがる使用人に苦い顔をされながらも、廊下を走る。そして、中央の階段を上っているシャーリーンを見つけ、大声で呼び止めた。

「シャーリーン様っ、お話があります」

しかしシャーリーンはエマを一瞥すると、ふいと顔を背けて階段を上り続けた。

「シャーリーン様！」

「娘、ご令嬢になんの用だ」

城の衛兵に引きとめられ、エマはどうあっても彼女に近づけない。

「返してください、薬！　お願い」

シャーリーンは足を止め、皮肉げに笑った。

「薬？　なんのこと？　私に言いがかりをつけるなんて、困った人だこと。お父様に言っちゃおうかしら」

そのまま、シャーリーンは二階へと行ってしまった。声を聞きつけ、追いかけてきたのはセオドアだった。

「エマ。……君たち、彼女は薬室の子だ。離してやってくれ」

セオドアのおかげで、衛兵にそれ以上追及されることはなかったが、エマはシャーリーンを止められなかったことにショックを受け、ただ黙って薬室へと戻った。


王城の三階は主に王家の人間のための居住空間にあたる。

その三階にあるテラスでは、お茶会が催されている。外に置くにはもったいないほどしっかりしたテーブルが持ち込まれ、その上にはかわいらしく飾られた花かごや、おいしそうなお菓子が並べられた。

「王太子様、今日はいいお天気ですわね」

シャーリーンはご機嫌だった。なんといっても、国王直々に、ギルバートとの茶会の誘いがきたのだ。

三階にあがるのはシャーリーンも初めてのことで、それだけでも特別になった気がして気分が高揚してくる。

ギルバートは頬杖をついたままぼうっとしている。シャーリーンに対する興味はなさそうだ。

「今日は私が、特製のお茶をお入れしますわね」

今日のために、お茶の入れ方を侍女から習ってきた。そこに、エマから奪った惚れ薬を一滴。これで、王太子の心は、シャーリーンのものとなる。

シャーリーンが初めてギルバートと出会ったのは、社交界デビューをした十六歳のときだ。サラサラのダークブラウンの髪と、快晴の空のような碧眼。逞しく、力強い体。ひと目で彼女は王太子に夢中になった。

いつもどこか遠くを見つめ、男性同士で集まり楽しそうに語り合う。女性を口説くのは苦手のようで、ダンスに一曲は付き合ってくれたとしても、二度目の誘いはかけてくれない。そういうところも硬派で素敵だと思っていた。

彼の妻になるために、とシャーリーンは一心に自分を磨いてきた。王太子に捧げるためだけに美を追求してきたと言っても過言ではない。

先日、薬室でエマに彼が王太子だと明かした後、シャーリーンは彼に振られていた。

「好きな人がいるんだ。だから君もヴァレリア殿も選ばない」

彼にはっきりそう言われても、シャーリーンはあきらめることなどできなかった。

薬の効果でもなんでもいい。彼が振り向いてくれるなら悪魔に魂を売ってもいい。

シャーリーンは華々しい笑顔で、ギルバートのもとにお茶を持っていく。

「どうぞ。侍女においしいお茶の入れ方を習ったのです。結婚したらいつでもこのお茶を入れて差し上げますわ」

「シャーリーン殿。この茶会、父が催したものだというのはわかっている。だから出席はしたけれど。……言っただろう、俺の気持ちは変わっていない。俺は……」

「わかっていますわ。私はただ、ギルバート様にお茶を味わっていただきたいだけですの」

「お茶か……」

ギルバートは苦しそうに瞳をゆがめた。

そして、ティーカップへ手を伸ばす。だが、カップの中に広がる水面を見つめながらギルバートは切なげにため息をついた。

「お茶を入れるのが上手な娘がいたんだ。屈託なく笑う、かわいい女性で。……俺は」

シャーリーンの期待に反して、ギルバートは持ち上げたカップをティーソーサーに戻してしまった。

「すまない。茶は彼女を思い出すんだ。……失礼してもいいか」

シャーリーンの胸を、ギルバートの言葉が串刺しにする。

彼のためにとしてきたことすべてが、無に帰する恐怖。どうあってもこちらを見てくれないかたくなな姿に胸が締めつけられる。

シャーリーンはもうなりふりかまっていられなかった。ひと口でいい。お茶を飲んでくれさえすれば彼は恋に落ちるのだから。

「……ひどいわ」

「シャーリーン殿」

潤んだ声でとがめるシャーリーンに、さすがのギルバートも足を止めた。

「王太子様のために、一生懸命用意したお茶です。それをひと口も飲んでいただけないなんて、侮辱だわ」

「すまない。べつにあなたが悪いわけではないんだ。結婚のことも、キンバリー伯爵には俺のほうからきちんとあなたに非がないことを伝えておこう」

「そんなことはどうでもいいのです。ただ、ひと口でいいんです。私が入れたお茶。飲んではくださいませんか？　それさえ嫌だと言われては、私っ……」

いつもは気の強い令嬢に泣かれてはギルバートもバツが悪い。ひと口だけ、とあきらめて席に戻り、ティーカップを傾けた。

口に入れた瞬間、急に視界が狭まった気がして、ギルバートは瞬きをする。

紅茶はおいしかった。豊かな香りが鼻をくすぐり、適度な温度が喉を温めてくれる。

同時に心臓が急に早鐘を打ち始め、視界に靄がかかったように、物の輪郭がはっきり見えなくなる。同じように思考もぼんやりとして、ずっと頭の中にいたはずの女性の顔がかすんだ。

一緒にいたいと願った人。屈託なく笑う、気取らずに話せる人。

大切にしてきたはずの記憶が、どんどんかすんでどこかに行ってしまう。

（あの場所はどこだ。誰かとお茶を飲んだ記憶はあるのに、それが誰かわからない）

「大丈夫ですか？　王太子様」

駆け寄ってきたシャーリーンに、ギルバートは見とれた。脳内でぼやけたままの女性にシャーリーンの姿が重なったような気がしたのだ。

「君、だったかな。……シャーリーン」

シャーリーンは驚きで息が止まりそうだった。憧れの王太子が、いつもは興味なさそうに視線を合わせない彼が、じっと自分を見つめているのだから。

「ギ、ギルバート様？」

「シャーリーン殿。俺は目がどうかしていたのかな。君がこんなに美しい人だなんて、今初めて気づいたよ」

「うれしいです！　ギルバート様、もう少し紅茶をお飲みくださいませ。きっと頭がすっきりしますわ」

ギルバートはまだぼやけたままの頭を振って、もうひと口紅茶を飲む。するとますます、目の前の令嬢が魅力的に思えてきた。

胸のときめきは、ギルバートに小さな違和感を投げ出させた。

「散歩でもしようか。君の美しさに負けない庭園の花を見に行こう」

「ええ。ぜひ！」

立ち上がったギルバートは腕を出し、シャーリーンをエスコートしてくれる。

あまりにうれしくて、シャーリーンはそれが薬の効果だということを忘れてしまいそうだった。

庭園へ出る途中、シャーリーンはギルバートを待たせ、チャンドラーを呼び出し、耳打ちした。

「チャンドラー、お父様に、あの薬屋を城から追い出すように言ってちょうだい。変な薬をつくっているわ」

「はあ。しかし、彼女の薬はなかなかの人気で」

「いいから、これは私の輿入れにも関わることだと強く言って？　頼むわよ」

チャンドラーに強く言い聞かせ、シャーリーンは急いでギルバートのもとへ戻った。


チャンドラーが薬室を訪れたのは、それから二日後だ。

「急だが、今日でここでの営業をやめていただきます」

「え？」

突然の通達に、エマは目をぱちくりとさせた。

「どうしてですか？　あんなに通ってくださるお客様がいるのに」

「王太子様はシャーリーンお嬢様を選ばれました。もう妃選びの舞踏会は開かれません。よって、使用人たちの忙しさも軽減され、普段通りの仕事量に戻り、薬屋も必要なくなるというわけです。城下町の店にお戻りください」

「それは、……もう決定事項なのですか」

「キンバリー伯爵様のご意向です。国王様も医師がいるのだから薬室は必要ないとおおせですし。もともとこの部屋は国王様より伯爵様が借り受けた部屋で、あなたに拒否権はありません。のちほど荷物を運ぶ従僕をふたりよこしますから、すぐに荷物をまとめてください」

「あ、まっ……」

チャンドラーは言いたいことだけ言うと、扉を閉めて出ていった。エマにとってはすべてが青天の霹靂だ。

「……婚約が決まったって」

ギルバートの正体が発覚し、彼がエマに恋心を訴えてきた日から、まだ一週間ほどしか経っていない。エマに断られ、心変わりをしたのか、シャーリーンが惚れ薬を使ったのか。ギルバートの性格を鑑みれば、後者である可能性が高い。

「どうしよう」

惚れ薬は精神に影響を及ぼす薬だ。多用すれば体にも被害が出ることもある。

「ギルに伝えなきゃ」

慌てて部屋を出ようとしたが、廊下には従僕がふたり、見張りとして立っていた。

「エマ殿。キンバリー伯爵より、あなたを見張るように言われております」

「どういうこと？」

「あなたが城にいる資格はもうありません。今ここにいられるのは、この場所の撤収のためだけです。それ以外の行動は禁ずるよう言われております」

「トイレよ。それならいいでしょ？」

「ではひとり前で待たせてもらいます」

エマはなんとか隙を見て逃げ出そうとしたが、従僕は監視の目を緩めない。エマの行動に不審なものを感じたのか、その後は、従僕がひとり手伝いと称して中に入ってきて、強引に帰り支度をさせられてしまう。

「せめて、お世話になった方に挨拶をさせてください」

「それはできかねます。誰もあなたに近づけるなと言われております」

「どうして?」

掴みかかるエマに、従僕は皮肉げな笑みを見せた。

「今までがおかしかったのですよ。平民であるあなたが、貴族の方々と対等に話ができていたことがね。以前に戻っただけです。なにもおかしなことなどありませんよ」

そこに、エマに同情する空気はなかった。むしろ、あざけりの色のほうが濃い。

「……わかりました」

ここを突破するのは無理なのだと悟り、エマは唇を噛みしめてうつむいた。

午後の早い時間にエマは馬車に乗せられ、城を後にした。セオドアやヴァレリアにお別れを言えなかったこと、ギルバートの体調を確認できなかったことが心残りだった。

家に戻ったエマを、両親とジュリアは競うように抱きしめた。家族も今日になって突然、エマが戻ることを聞かされたらしく、ベティはかなり腹を立てている。

「勝手に城に呼んでおいて、急に戻すなんて。こっちは物じゃないのよ。キンバリー伯爵の気まぐれも困ったものだわ」

家族に温かく迎えられてホッとしつつも、エマは急ぎで手紙をしたためた。

どうしても、シャーリーンに伝えなければならない。薬を使い続ければ、王太子の命を危険にさらすかもしれないということを。

「バーム、お願い。これをキンバリー伯爵邸に届けて」

「うん。いいよ」

くちばしで器用に手紙をくわえ、バームは言いつけ通りに伯爵邸の玄関に手紙を落としてきた。

しかし、使用人からその手紙を受け取ったシャーリーンは、差出人にエマの名前を見ると、中身を見ることもなく捨ててしまったのだ。

婚約発表での悲劇

国王は上機嫌だった。

あれだけ結婚を渋っていたギルバートが、つい先ほど、はっきりと宣言したのだ。

「父上、俺はシャーリーンを妻にしようと思います」

先日の悲観的な様子からの急な心変わりに驚きはしたが、事態は国王の望む通りに進んでいる。

シャーリーンの美しさは国中の貴族が知っている。なにより健康で若い。彼女が相手なら多くの子を望めるはずだし、父親のキンバリー伯爵は行動力も発言力もある男だ。彼を味方にできるのならば、ギルバートの今後は輝かしいものとなるはずだ。

「さっそく婚約発表の準備を行おう。式はいつがいいだろうな。王太子の結婚ともなれば、海を渡った隣国へも招待状を出さねばなるまい。半年後でも間に合うかどうか」

「そうですね。今日もシャーリーンと会う約束なのです。相談してみますよ」

「ずいぶん仲睦まじくなったのだな。なんならシャーリーン殿に部屋を与えてはどう
だ。毎日城下町から通ってくるのでは大変だろう。婚礼用のドレスも仕立てなければ

ならないし」

「そこは女性同士のほうがいいでしょう。母上にお願いしてみます」

ギルバートが執心していたという薬屋の娘を追い出したのも、よかったかもしれない。渦中の娘がいなくなり、ギルバートはきっと王太子としての自分を取り戻したのだ。

前向きに結婚への話を進めるギルバートに、国王は満足していた。


一方、ギルバートはここのところ、体に変調を感じていた。常に頭がすっきりせず、公務にもいまひとつ身が入らない。

国王は『恋しい人ができて浮かれているからだ』と言うけれど、書類を前にして一枚読みきることもできないのには驚いた。

「俺はどこか悪いのかな。……医師にでも診てもらうか」

医師は従者に言えば呼んできてもらえるが、ギルバートは散歩がてら医師の部屋まで歩いていくことにした。

最近、セオドアとも話をしていない。このすっきりしない感覚は体を動かしていないからではないか、と思い、歩きながら腕を伸ばす。

（医師の診断で問題がなければ、セオドアに剣の稽古をつけてもらうか）

歩きながら、ギルバートは既視感に襲われた。最近、頻繁にこの廊下を歩いたような気がしたのだ。

「……この部屋」

医師の向かいの部屋は空き部屋だったはずだ。だが、ギルバートの脳裏に、ひとりの女性の姿がぼんやりと浮かぶ。ゆらゆらと揺れる結った髪のイメージはきちんと像を結ぶ前に消えていく。

「なんだっけ。思い出せない。くそっ」

不思議なことに、ギルバートの中からエマの記憶がごっそりとなくなっていた。あるのは誰かと楽しく話をしながらお茶を飲んだ、というぼんやりした記憶と、そのときの浮き立つような気持ちだけだ。記憶の女性は、シャーリーンと重なっている。

もどかしく頭を振ったギルバートは、医師の部屋をノックした。

「はいはい。……これはギルバート王太子殿下。どうなさいました」

「どうにも頭がぼうっとしてな。なにかいい薬はないだろうか」

「どうぞ。入って椅子におかけください。心音を聞かせていただけますか？」

医師はひと通りの診察をし、「とくに異常はありませんな」と言う。

「そうか。君が言うなら確かなんだろうな」

「もちろんでございます。さすがは王太子殿下。私の力を認めてくださるんですな。ほかのやつらと言ったら、薬室がなくなったとピーピーうるさいくらいで」

「薬室？」

「ええ。あのインチキ薬師。追い出されてせいせいしましたとも」

ギルバートの記憶になにかがチクリとひっかかった。

（そうだ。向かいの部屋には薬室があったんだ。よく効くと評判だったはずだ。なぜそのことを忘れてしまったんだ？）

「どうして……なくなったんだ？」

「さあ。国王様が追い出したとの噂も聞いております。私と違って、平民の行う怪しげな民間療法ですからな。国王様の判断は正しいと思います」

「そうか。わかった。邪魔をしたな」

ギルバートは医師の部屋を出て、裏口から外へ出た。

騎士団員たちが、ふたりずつ組んで剣の稽古をしている。セオドアは……と捜すと、鎧もつけずに指示だけを出していた。ギルバートは近くに駆け寄る。

「セオドアはやらないのか。珍しい」

「これは殿下。あいにくまだ怪我が治っておりませんで」

「怪我……？」

「ヴァレリアにも無理はしないよう泣かれましてね」

「ヴァレリア……？」

ギルバートの反応の鈍さに、セオドアは眉根を寄せる。

「どうしました？」

「いや。……おまえとヴァレリア殿は知り合いだったかなと思って」

「どうしたんです。ぼけたんですか？　薬室であなたも一緒に……」

「ギルバート様！」

きょとん、とするギルバートにセオドアが追及する間もなく、うしろからシャーリーンが駆け寄ってきた。

「捜しましたわ。一緒にお茶をいただく約束です」

「ああ、シャーリーン。そうだったかな」

「こちらですわ。失礼しますわね、騎士の皆様」

腕を引くシャーリーンに、ギルバートはうれしそうについていく。まるでエマに向けていたような、恋をする男のまなざしで見つめながら。

セオドアは胸がざわついた。エマが城を追い出され会えなくなったからといって、ギルバートはそんなに簡単に心を変えるような男ではない。それにいつもと違ったボケッとした態度も彼らしい快活さが失われているようで気になる。

「今の王太子殿下ですね。……どうやらシャーリーン様との婚約が数日中に発表になるようですよ」

騎士団の下っ端に言われ、セオドアは驚きとともに顔を上げる。

「本当か？」

「ええ。俺の家はキンバリー伯爵家と遠縁にあたるんですよ。伯爵本人からうかがいました」

「本人から……では、噂ではないんだな。……殿下がそれを了承したのか？」

王家のことを考えれば正しい選択だ。

しかし、ギルバートの性格を知るセオドアには、疑念しか湧き上がってこなかった。

「どうしましたの、ギルバート様。こちらですわ」

シャーリーンは逃がさないとばかりにギルバートに自らの腕を絡ませる。

ギルバートは、近くの木を見上げていた。枝に黒い鳥が止まっている。

「あの鳥がどうかしまして？」

「いや？　なんか気になるだけだ」

「どこにでもいるマグパイですわ。それより早く。今日もお茶を用意しましたの」

うれしそうに笑うシャーリーンに、ギルバートは顔を綻ばせる。

「君はお茶の話をしているときは生き生きとしているな。タイムやカモミール。ローズヒップだっけ。いろいろ教えてくれたよな」

ギルバートは思い出して頬を緩める。彼女が楽しそうにお茶を入れてくれたこと。その姿を、かわいらしいと思ったことも。

喜ばせるつもりで言ったのに、シャーリーンは顔をこわばらせていた。

「どうした？　シャーリーン」

「い、いいえ。なんでもありませんわ。こちらです」

シャーリーンは客室のひと間を借り、茶席をつくっていた。城の調理人に頼んでおいたお菓子を皿にのせ、入れたての紅茶に惚れ薬を一滴たらす。

シャーリーンは薬の効果が切れるのを恐れ、正式に婚約するまで、毎日ギルバートとお茶の時間を持って、飲ませ続けるつもりだった。

彼が正気に戻ってしまったら、と考えれば考えるほど、薬を手放せなくなっていく。

「ところでシャーリーン。婚約のことなんだが」

「ええ。私は一刻も早くお披露目したいです」

「正式なものはもう少し時間がかかるが、とりあえずは明日の夜会でも発表するつもりだ」

「うれしい！」

ギルバートがお茶を飲んだのを確認して、シャーリーンはホッとして彼にすり寄る。彼は愛おしそうに彼女の黒褐色の髪をなで、額にキスをして微笑んだ。

「シャーリーン。前みたいな髪形はしないのかい？」

「前？　私はずっとこのままですけど」

「髪をひとつに結っていただろう。あの髪形が似合っていたと思うんだが……」

「それは……」

シャーリーンはハッとする。髪をひとつに結っていたのはエマだ。

ギルバートが無意識にエマとシャーリーンを重ねているのだと気づいて、唇を噛みしめる。

「そんなことよりギルバート様、お茶のお代わりはいかがですか？」

「ああ、いただこう」

焦燥にかられたシャーリーンはもう一滴惚れ薬を落とす。

惚れ薬なんて生半可なものじゃなくて、媚薬をつくってもらえばよかったのだ。既成事実をつくってしまえば、ギルバートはその相手を娶《めと》るしかなくなるのだから。

惚れ薬によって恋をしているはずなのに、彼は婚約前というのを気にしてか、シャーリーンに迫ってくることはない。

「そうそう。王城に君の部屋を用意しようと思うんだ。母上に支度を頼んでいる。数日中には整うと思うよ」

「本当ですか？　楽しみですわ。私、早くギルバート様の妻になりたいです」

「はは。せっかちだな。そんなことを言う子だったっけ」

彼の口から出る〝愛しい人〟と自分との差異が、シャーリーンには気になる。

まるでエマという外枠の中に無理やり閉じ込められているようだと、恐怖に似た感覚を味わいながらも、シャーリーンは首を振ってその考えを追い払った。

城下町の店に戻ったエマは、以前と同じように売り子として店に立っていた。

けれど、気持ちは以前とは変わってしまった。扉が気になって全然仕事に集中できない日々が続いている。今にもギルがお茶を飲みたいと言って入ってくるんじゃないかと夢想してしまうのだ。

そんなある日、閉店間際にやって来たのはセオドアだった。

「セオドア様！」

「久しぶりだな、エマ。いろいろ大変だったな。来るのが遅くなってすまなかった」

「いえ……。てっきり、もう二度と来てくださらないのかと思っていました」

「どうしてだい？」

「私、あそこを追い出されたようなものですし。なにかまずいことをしてしまったのかと思って」

「そうかな。騎士団員はみんな残念がっているよ。喜んでるのは医師と一部の貴族だけだ」

エマは少しホッとした。そして思いきって、気になっていたことを口にした。

「あの、セオドア様に聞きたいことがあるんです。……王太子様の様子に、おかしなところはありませんか？」

するると、セオドアは驚いたように息をのんだ。

「……どうしてわかるんだ？　エマ」

「え？」

「シャーリーン殿と婚約するらしい。それに関しては思うところもあるが、まあ王家の今後を考えてのことだと納得できないわけじゃない。……ただ、少し様子がおかしいんだ。ボケッとしていて、なんだか物忘れがひどくなった気がする」

「物忘れ……ですか」

シャーリーンが惚れ薬を使ったのは間違いなさそうだ。エマは心配で歯噛みする。物忘れがひどいのは、繰り返し飲まされているからではないのか。

黙ってしまったエマを見て、セオドアは気まずそうに頭をかいた。

「まあ、エマが気にすることじゃないよ。ギルも収まるところに収まったということだ。エマも……どうか、ギルのことは忘れて幸せになってほしい」

「……セオドア様」

「きっとギルもそう願っている」

善良そうな顔に、気まずそうな笑みをのせてセオドアは言う。エマは微笑み返したが、胸の奥はずきずきと痛んだままだ。

これが、国民の真意なのだ。

王家に生まれたギルバートが由緒正しい血筋の妻をもらい、子孫をつないでいくことは、国民としては当然で、エマと結ばれないのは仕方のないこと。

セオドアでさえそう納得している。

「そう、……ですね」

エマはうなずき、涙を見せないようにこらえるのに必死だった。


セオドアが帰った後、エマは店番をジュリアに任せ、薬室のベティのもとへ行った。

「母さん、魔法薬のレシピのことなんだけど」

「うん？　なに」

「あそこに、惚れ薬のつくり方が書いてあったでしょ。あれって……」

「ああ、惚れ薬ね。あれ、私のオリジナルレシピなのよー」

ベティは禁じられている薬という意識がないのか、あっけらかんとしている。

「え、大丈夫なの？　それ」

「エマ、まさかつくったの？」

「え、あの、……その」

「やだー、年頃だものね。好きな子でもできたの？」

逆に問いかけられ、まごまごと言い濁していると、ベティはカラカラと笑った。さすが自分でそんなレシピを考えるだけあって、エマをとがめる様子もない。

「まあ、座りなさいよ」

自分の隣の椅子を引き、エマを座らせる。そして、母親らしい優しい顔で笑った。

「戻ってきてから元気がないものね。お城で好きな人でもできたんじゃないかと思っていたのよ。あの惚れ薬は、暗示の魔法効果があるの。暗示って知ってる？」

エマは首を振る。

「クラリス様が得意な魔法なんだけどね。かかった人間は嘘の記憶を植えつけられるわけ。惚れ薬の場合は、目の前の人とかつて好きだった人を結びつけるの。だから今までに恋をしたことがない人には効かないし、薬が効いている間は、記憶があやふやになってぼうっとする。その間に、相手の心を自分のものにできるかは本人次第よ」

「……そうよね。薬って、永遠に効くわけじゃないもんね」

「惚れ薬はきっかけづくりのようなものよ。だから使うときは気をつけなさい。薬を飲ませただけで心が手に入るわけじゃないし、使い続けると危険だわ」

「もし……もしよ？　使い続けたらどうなるの？」

聞き返せば、ベティは神妙な顔をする。

「惚れ薬は相手の記憶を勝手にいじってしまうのよ。だから飲まされた人間にひどく負担がかかるの。ストレス耐性を超えれば、人格が破壊されるわ。死んだのと一緒よ。

だから使うとしても、一度だけになさい」

「そんな……」

エマの手が震えてくる。

「……母さん、どうしよう」

エマが青くなったのを見て、ベティは眉根を寄せた。

「もしかして、もう何度も飲ませてしまったの？」

「わからないの。薬瓶ごと持っていかれてしまったのよ。どうしよう。ギルになにかあったら私……」

「瓶ごと？　なにやってるのよ。早く取り返さないと。もしひと瓶全部飲まされたら、記憶の混乱だけじゃすまないわよ」

エマは頭から水をかけられたような気がした。

エマにとって薬は、誰かを元気にするためのものだった。そんな仕事に誇りも持っていたのに、自分のつくった薬が、一番大切なギルバートを不幸にしてしまうなんて。

「……嫌」

たとえ自分が選ばれなくてもかまわない。ギルバートが元気で生きていてくれるなら。そのためなら、なにを引き換えにしてもいい。

「どうしよう。助けなきゃ。どうすればいいの?」

「エマ? 落ち着いて。最初っからちゃんと説明しなさい!」

ベティに促され、エマは城で起きた一連の出来事を、順序立てて説明した。

「つまり……キンバリー伯爵のお嬢さんが王太子様に惚れ薬を使ったっていうのね?」

「たぶん。……私のせいよ。あんな薬つくったから」

エマが祈るように手を合わせながら絞り出した悔恨を、ベティはあっけらかんと否定した。

「それを言ったら、レシピを考えた私のせいになっちゃうじゃないのよ。……いい? エマ。自分を責める気持ちはわかるけど、あなたは薬をつくっただけ。使ったのはシャーリーン様でしょう。どんな条件が転がっていたとしても、使う、使わないを決めるのは当人よ。魔女も人も関係ないの。今回の件で悪いのは、実際に薬を使ってしまったシャーリーン様よ」

ベティはきっぱりと断言する。エマには乱暴な議論に思えたが、母親は自信満々だ。

「そうかな。でも」

「でも、じゃないわ。そんなことで自分を責めているのは時間の無駄ってもんよ。それに、いい悪いよりも、今は王太子様の健康状態を確認しないといけないわ。まずは実際に使い続けているのかどうか把握したいけど、シャーリーン様は面会に応じてくれそうにないわね。……ここはまず、最悪の場合を考えましょう。続けて飲まされているとしたら、惚れ薬の効果を打ち消す薬をつくらなくちゃ。そのためにはクラリス様に連絡を取らないと」

「母さんが考えたレシピでしょう？　母さんにつくれないの？」

「んー、私は魔法をかけるのは得意でも解くのは苦手だからなぁ。つくるにも時間がかかると思う。クラリス様に聞いたほうが早いわよ」

「そう。……きっとすごい罰が下るわね。人の心を変えるような魔法は使うなって言われていたのに」

もちろん、ギルバートを救えるのならばどんな叱責でも受けるつもりではいるが、気が重いことには違いない。

けれどここでもベティはあっけらかんとしている。

「大丈夫よ。クラリス様は本当ならそんなこと言える立場じゃないもの。昔は、彼女が先頭に立って暗示魔法をかけていたくらいなんだから」

「そうなの？」

「あなたが生まれる前、私たち、辺境地のノーベリー伯爵邸に隠れて住んでいたの。その頃はとにかく魔女狩りを恐れていてね。紛れ込んでくる人間に秘密を知られるたびに、暗示をかけて魔法のことを忘れさせていたわ」

「じゃあどうして今は禁止されているの？」

「魔女の力を知っても、恐れない人たちが現れたからよ。デイモン様や、ノーベリー伯爵の奥方のドロシア様。魔女と愛し合ってともに生きようとする人たちがいたから」

「え？　デイモン様も？」

デイモンはメイスン商会を束ねる商人だけれど、クラリスの夫でもある。魔女を支援しているデイモンが魔力を持たない人間だとは、エマは考えもしなかった。

「そうよ。デイモン様はクラリス様にぞっこんで、初めて私たちの仲間になってくれた人間。次がドロシア様ね。ドロシア様が発案して、デイモン様が商売を始めたのよ。人間と共存して、自分たちで生きていくためにって。ほら、引きこもっていたら出会いもないじゃない？　あのとき、一番若い人間がチェスターで十八……だったかな。このままじゃ子孫もできず滅びるしかないっていうタイミングだったもの。で、人の中に入る上で、いろいろ決まりを決めたのよ。人の心を変えてしまう魔法を禁止にしたのはそのときからね」

魔女を好きになってくれる人もいる。ともに生きてくれる人も。それはエマには驚きの事実だ。

「じゃあ、私たち、普通の人間と恋をしてもいいの？」

「あたり前じゃない。してもいいとか考えなくたってしちゃうでしょう？　エマだって女の子なんだもの」

「そりゃそうだけど。……だって、魔女だって言っちゃいけないんでしょ？」

「心を通わせたのなら話は別よ。あなたが、秘密を守ってくれると信じた人になら明かしてもいいわ。あなたたちがそういう人と出会えるようにと思って、私たち、王都に店を構えたのに」

「……そうだったんだ」

過去にそんなやりとりがあったとは知らなかった。

知っている夫婦はみんな魔女同士だったから、魔女は仲間内でしか家庭を築けないんだとエマは勝手に思い込んでいた。

（なんだ、だったら……私だって）

そう思って、すぐに首を振る。

（……私は、無理か）

エマの好きな人は王太子なのだ。ただの男性を好きになるのとは違う。

「……で？　エマは誰が好きなの？」

ベティが優しく問いかける。先ほどの説明では、自分の気持ちの部分だけは隠して話したのだ。

「内緒。……言えないような人」

「そう。でもね、好きな人ができたなら、告白していいわよ」

「え？」

「万一、相手が秘密を守れないと言ったら、私が魔法で忘れさせるわよ。魔女だということを忘れさせる魔法なら、クラリス様も許してくださるわ」

「でも」

「魔女だから言えない。幸せになれない。──そう思うことは、私たちを外の世界に送り出してくれたドロシア様やデイモン様に失礼よ。魔女も普通の人間も一緒。ただ魔法という能力を使えるか使えないかだけの違い。……そうでしょ？」

「……母さん」

背中を押してくれるベティの言葉がうれしかったが、エマは微笑んでうなずくのみにとどめた。

ギルバートは、やがてこの国の舵を取る、重責を担う人間だ。彼の妻には、彼を支えることのできる人間がふさわしい。魔女を妻にして、それがバレたら、国民からは非難を受けるだろう。彼の助けどころか、足手まといにしかならない。

「と、とにかく、クラリス様に薬の効果を打ち消す方法を教えてもらわないと」

「僕の出番だね」

どこから話を聞いていたのか、バームがいつの間にか棚の上に止まっていて、ひらりとエマの肩に飛び移った。

「バーム」

「クラリス様に伝言だろ？　ほら、早く言えってエマ。僕は君が笑顔になるためならなんでもするよ」

「ありがとう、バーム」

エマは惚れ薬の効果を打ち消すにはどうしたらいいかを尋ね、それを銀色の羽に託し、バームを送り出した。

国王が急ぎ招集し催した夜会には、社交期ということもあり、王都近郊に滞在していた多くの貴族が参加した。

「よくぞ来てくれた皆の者。今日は民に報告する前に君たちに伝えることがある」

マクレガー侯爵は苦虫を噛みつぶしたような顔ですでに酒をあおっており、キンバリー伯爵は自慢のひげを何度もなでつけながら、そのときがくるのを待っていた。

「ギルバートが妃を決めたのだ。みんなにも紹介しよう。キンバリー伯爵令嬢・シャーリーン殿だ」

従者が扉を開けると同時に、絹のシャツに金糸で刺繍が施された黒のジャケットに身を包んだギルバートと鎖骨のラインが綺麗に出る赤のドレスを華々しく着こなしたシャーリーンが、腕を組んで入ってきた。

「おめでとうございます」

人々はふたりを囲むように集まり、期待のまなざしを向け、王太子の言葉を待った。

「みんなありがとう。俺はこれまでの舞踏会で、心から愛する人を見つけた」

笑顔を浮かべたまま高らかに宣言したが、ギルバートの今日の体調は最悪だった。

頭痛がひどく、視界がゆらゆらと揺れている。だが、大事な婚約発表を控え、急に中止したいとも言えず、なんとか気合で立っている状態だ。

「こちらにいるシャーリーン殿、俺は彼女を妻にする」

「皆様、よろしくお願いいたします」

シャーリーンは百合の花のような華々しい笑顔を見せた。

「おめでとう。伯爵も安泰だな。となると次は世継ぎが楽しみだな。シャーリーン殿の子ならさぞやかわいいだろう」

「まあ、気が早いですわ」

シャーリーンが次々と祝辞を述べてくる貴族に応対している間も、ギルバートのめまいはひどくなっていった。そしてついに、体のバランスを崩して膝をついた。すぐさま、シャーリーンが悲鳴をあげる。

「きゃあ、ギルバート様、どうなさったの」

「頭痛が……。すまない。最近どうも体の調子が悪くて」

「お部屋でお休みになりますか？」

「しかし、今日は大事な日だ。大丈夫、少し休めば平気だよ」

「ですが」

「心配しないで、エマ。俺は大丈夫。君をひとり残しては行かないよ」

シャーリーンは動きを止める。ギルバートはいまだ自分の失言に気づいてはいない。しかし、名前を呼び間違えられたという事実は、シャーリーンを打ちのめした。

「……じゃないわ」

棒立ちになったシャーリーンを、ギルバートが振り仰ぐ。彼女は目を潤ませ、憎しみをあらわにしていた。その顔はギルバートの脳内にあるシャーリーンとは重ならない。固いものがふたつに割れたような音がして、ギルバートの脳を不快に刺激した。

「私、エマじゃないわ」

「……エ……マ？」

名前のスペルが、ギルバートの頭の中で躍った。なにかに記憶が呼び覚まされそうになるのに、頭痛がそれを邪魔する。同時に、視界の回転が速くなり、ギルバートの意識は真っ暗闇の中に落とされる。意識がなくなったと同時に体から力が抜け、ギルバートの体は床の上に転がった。

「きゃああっ」

再びシャーリーンが悲鳴をあげる。

国王が駆け寄り、ギルバートに呼びかけるも、反応はまったくない。すぐさま医師が呼ばれ、あたりは騒然とした。

シャーリーンは、いったいなにがあったのかと責め立てられたが、悲しみで頭がいっぱいで答えることができない。

「違う。私、そうじゃない」

うわごとのようにつぶやいて、頭を横に振る。

シャーリーンが惚れ薬を使ったのは、ギルバートに振り向いてほしかったからだ。どんな手を使っても、婚約さえしてしまえば幸せになれる。そう思ったシャーリーンのもくろみは、見事にはずれた。心に別の愛しい人を抱きしめた男性と向き合うことが、こんなに悲しいことだとは思わなかった。

「エマじゃない。……エマなんかじゃない。お願い」

〝愛するならちゃんと私を愛して〟

シャーリーンは泣き崩れ、ギルバートは意識が戻らないまま私室に運ばれた。

当然ながら夜会はすぐに閉会となり、彼らの婚約は宙に浮いた状態になった。

魔法を解くものは

バームは、夜が明けると同時にグリーンリーフから飛び立っていった。そして、予想外にも昼には戻ってきたのだ。

「バーム？　早すぎない？」

「途中で馬車を見つけたんだ。クラリス様、様子を見るつもりで朝一にノーベリー領を出たところだったんだって」

「ええ？」

驚いているうちに、馬車がグリーンリーフの前に止まる。

先に降り立ったのはデイモンだ。六十歳を超え総白髪だが、骨格がしっかりしていて立ち姿はまだまだ逞しさを感じさせる。次いで降りてくるクラリスは、三年前に会ったときと変わらず、神秘的な美しさを保っている。実際はデイモンとそう変わらない年のはずだが、見た目が若々しいので並ぶと親子のようだ。

「これはこれは、デイモン様までいらっしゃるなんて」

出迎えたジョンとベティが頭を下げる。うなずくデイモンの傍らに寄り添うクラリスが朗らかに笑った。

「ジョン、ベティ、久しぶりね。エマもジュリアもすっかり大人の女性になったのね」

クラリスは笑顔のまま中に入ってきたかと思うと、エマの前で急に真顔になり、頬をきりりとつねった。

「いひゃいです！」

「惚れ薬をつくったんですって？　馬鹿な子ね」

「すみません」

突然怒られて驚いたが、クラリスは頬をつねっただけで満足したらしく、手を放してからは再び朗らかな調子に戻った。

「まあいいわ」

「えっ……それだけですか？」

エマは拍子抜けする。禁を破り、人の心に作用する薬をつくったのだ。もっと厳しく叱責されると思っていた。

「叱ったところで終わったことはどうにもならないでしょう。……それに、あなたのその顔を見ていればわかるわ。かえってつらいことになったんでしょう？」

「え？」

「私も昔は、人に暗示をかけていたわ。とても便利な力だけど、……いいことはあまりないわね。魔女は本当はいるのに、いないと思わせるのよ？　必要だからそうしていたけれど、存在をなかったことにされて、うれしい人間はいないでしょう」

クラリスが、うしろに立つデイモンに視線を送る。デイモンがただの人間だと知った今は、エマにも彼女の伝えたいことがわかった。

「それより、薬の効果を打ち消したいと言ったわね。惚れ薬を誰に使ったの？」

「ええと、説明すると長くなるんですが……」

エマはふたりに椅子を勧め、シャーリーンから惚れ薬づくりを強制され、奪われた経緯を説明した。

「なるほど。で、そのシャーリーン様が、王太子様に薬を多量に盛った可能性があるってことね？」

「はい。だからその場合の対処法を教えてほしいんです」

「そうねぇ。まずは惚れ薬のレシピを見せてちょうだい」

ベティがすぐさまレシピを持ってくる。クラリスは「へぇ、なるほど」などと途中感心しながらレシピを目で追った。

「ほとんど暗示と一緒ね。だとすれば……そうね」

クラリスは店内を見回して、サービスで置いてあるのど飴を見つけた。それをひとつ取り出し、エマに手渡す。

「これ、のど飴ですよ?」

「媒体はなんでもいいのよ。ほんの少し魔力を込めてあげるの。心に作用する魔法を解くには、本人の精神力を高めてあげればいいのよ。今、彼の心には、嘘の衣がかぶせられている。でも本当の心とは違う。その違和感が、本人の負担になるのよ。この手の薬で調子を崩す人は、心の奥に大切な人や思いを抱えているの」

エマの心臓がキュッとつまった。あの告白が嘘でなければ、ギルバートの心には、エマが住んでいるはずなのだ。

「魔法って完璧じゃないの。昔、私がかけた暗示を、なんの魔法も使わずに自らの力で解いた人間もいたわ」

「クラリス様の魔法を?」

クラリスは歴代の魔女の中でも強力な魔力の持ち主だ。人間に、彼女の魔法が解けるなんてあり得ないとエマは思う。

「ドロシア様……ノーベリー伯爵の奥方様よ。彼女と会って私は考えを改めたわ。人間を侮ってはいけないんだって。人の意思の力、気持ちの力は魔法を超えることができる。私たちの力は、ただの技術のようなものにすぎないんだって思えるようになったの。人の中に戻ることも、恐れることはないんだって」

エマが圧倒されて黙っていると、クラリスは目尻に少しだけしわを寄せて笑う。

「ねぇ、エマ。あなた、王太子様とどういう関係？」

エマはぎくりとする。ベティに話したときのように、エマの気持ちについては隠して話したのだが、クラリスは探りを入れるように鋭い目つきでエマを見つめる。

「あ、あの」

「ただ惚れ薬を奪われただけなら、そんなに必死になるものですか。それに、恋でもしてなきゃ、あなたの性格なら惚れ薬なんてつくらないでしょう？」

「そ、……それは」

観念して、エマはギルバートが身分を隠して薬室に通ってきたことや告白してくれたことを語った。

「そうじゃないかと思ったのよ。それに、そのほうが好都合なの。ねぇエマ、……魔法を解くのに最も必要なものは、真実の愛よ」

「真実の愛……？」

「そうよ。意思の力……中でも愛の力がやっぱり強いの。王太子様があなたを思っているなら、あなた自身が呼びかけることが一番の特効薬なのよ」

「私が？　でも、ギルは王太子様だもの、私が好きなんて言っちゃいけない……」

クラリスはあきれ顔をした。

「国のために生きる前に死んだらどうにもならないでしょ」

「じゃあ……」

「あなたの気持ちを伝えなさい、エマ。それが彼のためになる」

エマの脳裏に、ギルバートの告白がよみがえる。必死に伝えてくれた言葉を、あのときエマは拒絶することしかできなかった。本当は、とてもうれしかったのに。

胸が熱くなって、まぶたをじわりと涙が濡らした。

エマがぎゅっとのど飴を握りしめたとき、突然、店の扉が開かれた。

「エマ！　エマはいるか？」

入ってきたのは騎士服姿のセオドアだ。ひどく焦った様子で、倒れんばかりに息を荒くしている。

「セオドア様？」

「エマ。頼みがある。ギル……殿下を助けてくれ」

「ギルを？　どういうこと？」

「昨晩、倒れたんだ。それから目を覚まさない。医師にも原因がわからないそうだ。俺は君ならなんとかできるんじゃないかと思って……」

エマは体中の血が下がっていくような感覚に襲われた。

遅かったのだ。こうなる可能性を知っていて、どうして対処できなかったのか。自分を責め立てる言葉が湧き上がってくる。

「私のせいよ……。私が、あんな薬をつくったから……」

一度でも、この薬があれば彼が振り向いてくれるかもないかなんて、望んだから。

自己嫌悪で頭を抱えるエマにバームが呼びかける。

「違うよ、エマ。泣くな」

「ごめんなさい、……ごめんなさい、ギル！」

泣き崩れるエマを叱咤するように、デイモンが大きな声をあげた。

「謝って治るわけではない。泣いている暇があるなら、自分にできることをしなさい」

「は、はい！」

デイモンの叱咤に、エマは涙を拭き、セオドアに詰め寄る。

「セオドア様、彼を私に診させてもらえますか？」

「それは無理だ。今の君には王城に上がる資格がないだろう？　なにかいい薬はないかと思って聞きに来たんだ」

「でしたらこれを」

先ほどクラリスに言われて魔力を込めたのど飴をセオドアに渡す。

「彼に渡してください。少しは効果があると思います」

「ありがとう。でも、今の殿下は食べ物を口にできる状況じゃないな」

「あ……そうですよね。気付け薬もあるんですが、これは量を間違えると大変なことになるので」

「だよな。だが俺の身分では、君を王城に呼びたくても許可が下りないし……」

許可を得たものでなければ、城の中に入れない。彼のためになにかしたくても、会うことすら難しい状況に、エマは歯噛みする。

(でも、……私のせいだもの。私が助けなきゃ)

医師に助けられるわけがないのだ。ギルバートの症状は魔法効果によるもの。曲げられた気持ちに、気持ちが反発してせめぎ合った結果だ。

彼の心に呼びかけて、彼が自分自身を取り戻さなければ目覚めはあり得ない。

「……セオドア様。一生のお願いです」

「え?」

許可なきものが城に乗り込むことは、犯罪だ。とらえられれば、それをきっかけに魔女だとバレるかもしれない。そうなれば、自分だけじゃない、父も母もジュリアもここにはいられなくなるだろう。下手をすればクラリスやデイモンにも迷惑をかける。だけど、このままここでじっと祈るだけよりずっといい。それが家族を巻き添えにすることになっても。セオドアにも、ヴァレリアにも迷惑をかけたとしても。

エマは心を決めた。今だけは誰かの迷惑を考えるんじゃなく、ギルバートのことだけを考えたい。

「私、ギルを助けたいんです。救う手立てがあるのならば試したい。ヴァレリア様にお願いして、侍女のふりをさせてもらえませんか？」

「ヴァレリアの？」

「ヴァレリア様なら、城の中にお部屋があるくらいだから、ギルのそばにも行けるんじゃないですか？」

「……それは、たしかに。しかし、マクレガー侯爵に知れたら」

「あとで罰はいくらでも受けます。でも、彼を救うには、私が呼びかけないと」

すべての魔法に打ち勝つものが真実の愛だというのなら、エマはそれを持っている。

彼が王太子だということもエマが魔女だということも関係なく、ギルバートという男性に感じた〝あなたが好き〟という気持ち。それが彼を救うための、唯一の薬だ。

「お願い、セオドア様。とにかく一度ギルに会わせて……！」

セオドアは、エマの真摯な態度に心を打たれた。

「わかった。ヴァレリアに頼んでみよう。エマ、一緒に行こう」

「はい！　ありがとうございます。セオドア様」

「気にするなよ。俺たちは友人だろ？　困っている友人に力を貸すのは当然のことだ」

「今すぐ準備します」

エマは薬室に戻り、小さな鞄に使えそうな薬をつめ込む。そして心配そうに様子をうかがう両親に頭を下げた。

「父さん、母さん、今回のことで、ここにいられなくなったらごめんなさい」

ジョンとベティは顔を見合わせ、すぐに笑う。

「いいさ。おまえのわがままなんて一生に一度くらいしかない」

「私の腕前があればどこでも暮らせるわよ」

「ありがとう」

エマは変装も兼ねたフード付きのコートを着込んで、店の外に出る。

セオドアはすでに外に出て、すぐに出発できるよう用意していてくれた。

「さあ、乗って。門番は君の顔を知っているかもしれない。顔は伏せておいて」

「はい。ありがとうございます」

「行くぞ」

セオドアの前に乗せてもらい、馬は一路城を目指す。

「セオドア様、……ありがとうございます」

「なんだよ。さっきも聞いたよ」

「私を友人だと言ってくださって……」

セオドアは少し黙り、それからこともなげに続けた。

「本当のことを言っただけなのに礼を言われるのはおかしな話だな」

「だって本当なら私にとっては雲の上の人です」

「君は友人だよ。ヴァレリアもそう思ってる」

続けられた言葉がうれしくて泣きそうになり、エマはそれ以上口を開けなかった。

城門ではやはり、両側に陣取る衛兵から不審なまなざしを向けられた。

「薬室のエマ殿ですよね。薬室はすでに撤退したとうかがっております。国王様からもキンバリー伯爵からも城内には通さないようにと」

「個人的に治療を頼んでいる。責任は俺が持つから入城させてくれないか」

「セオドア様がですか？　ああ、お怪我されたという話ですもんね」

「医師の出す薬より効くんだ。それを言うと医師に叱られるから内緒で頼んでいるんだ。頼むよ」

騎士団第二分隊隊長というセオドアの肩書は、それなりに物を言うようだ。

門番はしぶしぶといった様子だったが、「騎士団の詰め所だけでお願いしますよ」と念を押し、通してくれた。

その後は、セオドアのうしろについて下を向いているだけで、とくにとがめを受けることはなく、二階のヴァレリアの部屋までたどり着く。

セオドアとヴァレリアの間がどのように進展しているのか、エマは詳しく知らないが、侍女は味方になっているようで、セオドアの姿を見るとすぐに中に通してくれた。

エマはセオドアの背中に隠れた状態で、ヴァレリアの春の日だまりを思わせるようなやわらかな声を聞いた。

「まあ……どうしたの？　セオドア」

「ヴァレリア、……頼みがあるんだ。実は」

セオドアに急に引っ張られ、エマはヴァレリアと対面した。

「あの、ご無沙汰してま……」

慌てて挨拶しようとしたエマの声は、抱きついてきたヴァレリアによってかき消される。

「まあっ、エマさん。よかった……よかったわ！　急にいなくなるんですもの。私がどんなに心配したか」

「ヴァレリア様？」

「薬室のこと……力になれなくてごめんなさい」

まさか抱擁を受けるとは思わず、エマは驚いた。それだけでなく心配までしてくれたことに感極まり、身分も忘れてヴァレリアを抱きしめ返した。

「ふたりとも、感動の再会はそのへんにして本題に入ろう。ヴァレリア、君に頼みがあるんだ」

やんわりとセオドアが本題に戻し、ヴァレリアがエマを放してきょとんとした顔で問い返す。

「頼み？」

「そう。ギルバート様を救うために」

「あっ……。それでエマさんを？」

エマは、おなかに頭をつけるくらいの勢いで頭を下げた。

「ヴァレリア様、一生のお願いです。どうか私をギルのところまで連れていってください！」


ヴァレリアが知っている今の状況はこうだ。

昨日の夜会には、選ばれなかったほうの令嬢という立場からヴァレリアは参加していなかった。しかし、父親のマクレガー侯爵は国政を担う一貴族として参加していた。

王太子は最初から顔色が悪く、シャーリーンとの婚約を告げた後、突然倒れたのだ。

それだけならただの過労かとも思えたが、シャーリーンの様子がおかしい。ガタガタと震えながら「私じゃない」と何度も繰り返している。

マクレガー侯爵はシャーリーンの態度がおかしいことをその場で責め立てた。

ヴァレリアから別に好きな人ができたと告げられても、侯爵はまだ納得はしていない。ましてライバルであるキンバリー伯爵の娘が王太子妃になるなど、言語道断だ。反対できる要素があるならいくらでも反対してやるという心づもりだった。

ごねた甲斐もあって、婚約に関してはまた機会を改めてということになった。

その後、ギルバートは三階の自室へと戻され、医師による診察を受けたが、目を覚まさないこと以外はおかしなところもなく、医師もお手上げ状態らしい。

原因を知っているのではないかとシャーリーンは尋問を受けたが、なにもわからないと言い張っているという。王太子が意識不明だと知れ渡るのを防ぐため、現在、王太子への面会は限られている。

「そんなわけで、王太子様の部屋に行くには許可がいるの。今のところ、無条件に会えるのは医師様とご家族。シャーリーン様は、医師様が同席するときだけ面会を許されているらしいわ」

「そうですか」

それでは、いくらヴァレリアでもギルバートの部屋までは行けないのだ。

肩を落とすエマに、ヴァレリアは励ますように言った。

「私のおばあ様が今の国王様の叔母にあたるから、私が自由に三階に上がることは許可されているの。そこまでは私の侍女として連れていってあげられるわ。そこからのことも考えてあるの。大丈夫よ」

「本当ですか？」

「ええ、だからまずは着替えをしましょうか」

「え？」

ヴァレリアは満足そうににっこり笑うと、奥に下がっていた侍女を呼びつけた。

エマは今、侍女の服へと着替えさせられていた。髪もハーフアップにし、ぱっと見の印象はかなり変わっている。エマの服は代わりにヴァレリアの侍女が着た。

ヴァレリアはこの数分のうちに、侍女を味方につけてくれていた。

「あの、ヴァレリア様」

「私の侍女だというならそれなりのものを身につけてもらわないと疑われます。立ち居振る舞いも気をつけてね。私より先は歩いてはいけないけれど、私の先を見つめて危険があれば進言する。それもお付きの侍女の役目よ」

「そんなの無理です」

「やれなくてもやるのでしょう？　王太子様のもとへ行くにはもっと無茶をしなければならないわ」

「え？」

「……あのね、エマさん。セオドアは殿下のご友人だけど、自由に三階に上がる資格は持っていないの。いつもは王太子様が許可を出してくださっているのよ。でも今、彼は眠っている。つまり、ここから上に行けるのは私とお付きの侍女に扮するあなただけ。ふたりでなんとか彼の部屋までの道を突破しなければならないのよ。言うほど簡単じゃないわ」

神妙なヴァレリアにエマも息をのむ。

「王太子様の部屋の場所は私がわかります。でも、今はご病気ということで、警備のものが数人ついているわ。……だから、王太子様の部屋の前で私が倒れたふりをするわね。当然医師様が呼ばれるでしょう。王太子様の部屋にいたとしたら、出てくると思います。衛兵も私のほうに気が向くでしょう。その隙を狙ってあなたは王太子様の部屋に飛び込むの」

ヴァレリアの瞳は真剣だ。どちらかと言えば人の意見に流されて生きてきた令嬢が、この筋書きを考えたのかと、エマは驚きを隠せない。

「ヴァレリア様、あの」

「私、あなたや王太子様にいつか恩返しがしたいと思っていました。だから昨晩からずっと考えていたんです。王太子様のもとに行く方法を」

「え？」

「私の恋を叶えてくださったふたりにも、幸せになってほしかったんです。エマさんなら絶対に王太子様を救いに来るはずだって信じていました。だから私は、私にできることを考えていなきゃって」

「ヴァレリア様……」

「自分がこんな考えを持つようになるなんて驚きました。……でも以前よりずっと自由な気持ちなんです。今回のことも両親に知られたら叱られるでしょうけど、それでもいいと思えるの。大好きなあなたの力になれるんですもの」

「ヴァレリア様……！」

「ほら、泣いていてはダメよ。これから大それたことをするんだもの。気を強く持たなくちゃ」

　ヴァレリアに言われて、エマは改めて自分がしようとしていることを思いなおす。病気で寝ている王太子の寝室に忍び込むのだ。衛兵に捕まっても仕方のないことをしようとしている。しかも、セオドアやヴァレリアを巻き込んで、だ。

「ヴァレリア様、巻き込んでごめんなさい。侍女様も」

「いいのよ。私はあなたの力になりたいの。この子もそうよ」

　ヴァレリアの侍女も笑顔を見せる。薬を買いに来てくれていた人なので見覚えがある。名前はマレーネというのだと教えてくれた。

「グリーンリーフの薬がなくなって、私もとても困っております。そのくらい、よく効くお薬ですわ。あなたならきっと王太子様を目覚めさせることができますとも」

エマはうなずいた。絶対にギルバートを目覚めさせてみせる。そうすればヴァレリアたちがとがめられたとしてもきっと彼が助けてくれる。自分は罰を受ける覚悟はできているが、彼女たちだけは守りたい。

「ふたりだけで行かせられない。俺も行くよ」

意気込んで言うのはセオドアだ。ヴァレリアは困ったように笑った。

「でも、あなたには許可が下りないでしょう？」

「騎士団員には騎士団員のやり方がある」

「え？」

「緊急事態が起きれば、呼ばれるのが騎士団ってもんだろ」

そう言うと、セオドアはにやりと笑う。

「マレーネ殿、エマのふりをして俺についてきてください。まずは俺が疑われないよう、一度階下に下りることにしましょう」

準備が整ったエマとヴァレリアは三階に続く階段へと向かう。

階段の両わきに控えている衛兵はヴァレリアの姿を見つけると、すぐにそろって頭を下げた。

「王妃様へのご機嫌うかがいよ。通ってもよろしいかしら？」

「はっ、どうぞ」

衛兵はそろって礼をする。ヴァレリアとエマは悠々とそこを通ることができた。

（すごい。こんなに華奢《きゃしゃ》なヴァレリア様に屈強な衛兵さんたちがかしこまってる）

おどおどしていることの多いヴァレリアだが、やはり良家のお嬢様なのだ。衛兵に対してはそこまで物おじもせず、威厳さえ感じさせる。

ここからは、エマにとって未知の領域だ。覚悟してきたとはいえ緊張して手汗が出てくる。顔を伏せたまま、ヴァレリアとの距離を一段以上空けないように気をつけながらついていく。

途中階段につまずきそうになりながらも着いた三階はそれまでと趣が違っていた。

廊下に飾られる肖像画は家族のものが多く、壁にはタペストリーが飾られ、廊下にも赤地のカーペットが敷かれている。

「こっちよ」

ヴァレリアは迷いなく廊下を右手に向かって進んでいく。やがて、ひとつの扉の前に衛兵がふたり立っているのが見えた。

「ごきげんよう」

「これは、ヴァレリア様。ここから先は王族の私室です。どちらへご用で？」

「王妃様へご機嫌うかがいです。王太子様は？　倒れたとうかがいましたが大丈夫なのですか？」

「まだ目覚めないご様子です」

「そう。……見張り、がんばってくださいませ」

　ヴァレリアは心配そうにため息をつきつつも、ねぎらいの笑顔を見せた。衛兵たちは一気に顔を綻ばせ、背筋を伸ばす。そしてヴァレリアは、エマに目配せしたかと思うと、二メートルほど先に進んでからおもむろに倒れ込んだ。

「きゃあっ、ヴァレリア様っ」

　エマも打ち合わせ通りパニックになったふりをする。すると衛兵のひとりが、慌てて近づいてきた。

「大丈夫ですか？」

「どうしましょう。お嬢様が……。衛兵様、医師様はいませんか？」

「中におります。おい、医師殿にお願いしよう」

　もうひとりの衛兵がうなずき、ギルバートの部屋の扉を開ける。

呼ばれた医師が慌てて部屋から出てきて、「これはヴァレリア様」と駆け寄った。医師はエマの顔を見知っているはずだが、侍女の顔などいちいち気にはしないのか、まったく気づいた様子は見られない。

エマはすばやくあたりを見回した。

ヴァレリアのそばに医師と衛兵がひとり。もうひとりの衛兵は、心配そうにこちらをうかがっていて、扉から一メートルは離れている。

（……今だ！）

みんなの意識がヴァレリアに向かっている間に、エマは衛兵のわきをすり抜け、部屋の中へと飛び込んで鍵を閉めた。扉に背中を預け、廊下の気配をうかがう。

「なっ、侍女殿？　何事ですか。開けてください。……開けろっ」

扉の向こうからは怒号がし、振動が扉を揺らす。けれど鍵を閉めることができたので少しは時間が稼げるはずだ。ふうと息を吐き出し、改めてエマは顔を上げた。するとそこには、ぎょっとした顔でこちらを向くシャーリーンがいた。

「な、なによ、あなた急に……あなた……エマ？　どうやってここに」

彼女を見た途端に、エマは怒りで頭が真っ白になった。人の話を聞かず、薬を毒としてしまったシャーリーン。それは、薬師として一番許せない行為だった。

「シャーリーン様。……ギルに惚れ薬を飲ませましたね？　いったいどれだけ飲ませたんですか？　薬は多く与えれば毒になります。彼が眠りについてしまったのはそのせいですよ？」

シャーリーンは一瞬うろたえ、しかし、ムッとしたように反論を始めた。

「だって。……だって、仕方ないじゃない。婚約が調ったら私だってやめるつもりだったわ」

「どのくらい与えたんですか。私は彼を目覚めさせるために来たんです」

「どのくらいって……このくらいよ」

シャーリーンがかざした瓶の中身は、半分ほどになっていた。

「……こんなに？」

「あなただって悪いのよ？　この薬をつくったのはあなたなんだから」

この期に及んで人のせいにするシャーリーンにエマはあきれてしまった。

（こんな人に、ギルを渡すものですか……！）

「どいてください。治療します」

エマはベッドに近寄り、青い顔で眠るギルバートを見下ろした。まだ一週間ほどしか経っていないのにひどく懐かしく感じて、涙が出そうになる。

「ギル、私よ、エマよ」

呼びかけに、ギルバートのまぶたが少しだけ動く。しかし、それだけだ。エマはまず気付け薬を彼の鼻に嗅がせた。少しだけ反応を示したが、今一歩効き目は弱い。

そのうちに、廊下からは別の声がした。

「何事だ。悲鳴があがったので来てみたのだが」

「これはセオドア様！」

「状況を教えてくれ」

セオドアの声だ。そ知らぬふりで上がってきてくれたおかげで、衛兵は一から説明を始めた。

なるほど、彼の言っていた騎士団ならではの方法とは、緊急事態を受け、どさくさに紛れて上がってくるということだったらしい。説明の手間分、時間が稼げるのはありがたかった。

「状況はわかった。とにかく、君たちはヴァレリア様を別室へ連れていくんだ。医師殿も一緒に」

しかもセオドアは場を仕切り始めた。通常衛兵が所属する近衛兵団と騎士団は命令系統が別なので、彼の指示を受け入れる必要はないのだが、場を仕切るのに慣れたセオドアにみんな巧みに誘導されている。

「私はセオドア様のサポートに入ります！」

しかしひとりは追い払えたが、もうひとりはそんなことを言いだした。

ヴァレリアを運んだもうひとりも、すぐに応援を呼んで戻ってくるはずだ。依然として時間はない。

「そうだ。セオドア様、続き間から入りましょう」

衛兵の提案に、セオドアも断りきれなかったのか続き間から音がし始めた。

エマは慌てる。部屋の中にある扉の鍵は施錠していない。続き間から入ってこられたらあっという間にとらえられてしまうだろう。

そのとき、隣室からガラスが割れるような音がした。

「うわっ」

「なんだ、この鳥はっ」

続き間で、何事か起こったようだ。

（なんでもいいわ。今のうちに……）

エマは必死にギルバートに呼びかけた。

「お願い、目を覚ましてギル。あなたのことを心配している人がたくさんいるの」

「……う」

エマは魔力を込めたのど飴を口に入れ、彼を見つめる。

閉じられたまぶたを見ていると、この奥に隠れた空を思わせる碧眼でまっすぐにエマを見つめ、告白してくれた日を思い出す。

『俺は君が好きなんだ』

妃にしたいと、どんなことをしても国王を説得すると、強い気持ちをぶつけてくれた彼。かたくなにそれを受け入れられなかった自分を、今は責めたい気分だ。

ギルバートはどんな可能性も捨てずに、まっすぐ向かってきてくれたというのに。

「お願い、起きてギル。……伝えたいことがあるのよ」

エマが危険を冒して忍び込み、みんなに迷惑をかけてまでしたかったことはたったひとつ。あの日の彼の勇気に、応えることだ。

「私、あなたが好き。……大好きなの」

エマの目の縁からこぼれ落ちた滴《しずく》は、彼の頬に落ちて伝った。エマは口移しで、魔力を込めたのど飴を彼に渡す。ギルバートの薄い唇が少し開き、のど飴は彼の口の中へと落ちていった。

と、すぐに、エマはうしろから髪を引っ張られる。

「なにしてるのよ！」

振り向けば、怒りの形相でシャーリーンがエマを睨んでいる。

「やめてください」

「そっちこそっ。意識のない王太子様を襲うなんてっ。……あなたはなんて図々しいの？　ただの薬屋のくせに。ただの、どこにでもいるような小娘じゃないっ。なのにどうして？　どうしてよっ」

シャーリーンの声はどんどん涙交じりになっていく。

「薬を使ったって彼はあなたを見てる……っ」

「え？」

泣き崩れるシャーリーンをエマが呆気にとられて見ていると、やがて続き間の扉が開き、セオドアと衛兵たち、そして一羽のマグパイがなだれ込んできた。

「この鳥め、出ていけ」

「やーだよ。うすのろたちめ。こっちだよ」

どうやって入ってきたのか、バームが追いかけてくる衛兵を小馬鹿にしたように頭上を旋回している。エマは驚きすぎてなにも言えずバームを見つめた。

突然、セオドアがバームを追うのをやめ、立ち止まった。不審に思ってエマも彼の視線をたどる。その先にあるのは、ギルバートが横たわるベッドだ。

「げほっ」という咳の音とともに、体を横に向けた彼はその後も何度かむせた。のど飴が、口から飛び出て床に転がる。そして彼は、空色の瞳を開き、ゆっくりと半身を起こした。

「……げほっ、……びっくりした。死ぬかと思った」

ギルバートが、動いている。エマのにじんだ視界に、彼がうつむいたままダークブラウンの髪を押さえているのが映る。

「まったく。人の枕もとでギャーギャーとうるさい！　少し黙れ」

不機嫌そうな声に怯えたように、衛兵たちはぴたりと動きを止め、シャーリーンもしゃくりあげながら彼を見つめた。

「……ギル」

エマのつぶやきに、彼が動きを止める。「え？」とつぶやき、あたりを見渡した。そして見つけた女性の姿に、ギルバートは驚きを隠せない様子だ。

「エマ？　俺はまだ夢を見ているのか？　いるはずのないエマが見えるんだが」

「ギル！　私がわかるの？」

「本当にエマか？　俺は君に嫌われたかと……」

ギルバートが言い終える前に、エマは彼の首に抱きついた。

「……エマ？　本物だよな」

「よかった。目が覚めて。記憶も戻ったのね？」

「記憶？　俺はいったい」

ギルバートは混乱の中にありながらも、体温を確かめるようにエマをしっかりと抱き返した。

「よかった。思い出して……生きてくれてよかった。……私、あなたが好き。私のお茶をおいしいと言って笑ってくれるあなたが、大好きなの」

隠し続けた本心をやっと言えて、エマは全身から力が抜けていく感覚がした。ギルバートは瞬きをしながら、自分の頬をつねる。

「痛い……、夢じゃないんだな？　エマ。俺もだよ。……俺も君が大好きだ」

「ギル！」

「エマ、もう俺には笑ってくれないかと思っていた」

目の前で繰り広げられる告白の応酬に、衛兵は拍子抜けしたようにぽかんと見つめる。セオドアはニヤニヤと頬を緩ませ、バームはシャンデリアの上に止まり、あきれたように「クワッ」と鳴いた。

そのうち、シャーリーンが唇を震わせながら、ふたりの間に割って入った。涙に濡れた顔で、エマの襟首を掴み、思いきり引っ張る。しかし、ギルバートがしっかりと抱きしめているので、エマは自分の服で首が絞められるような状態になった。

「……やっ」

「離れなさいっ。あなたみたいな平民が王太子様に触れるなんて……痛っ」

ギルバートが慌てて彼女の手をたたきつけたため、エマは窒息しなくてすんだ。ギルバートはエマをかばうように抱きしめると、シャーリーンを睨みつけた。

「君こそ黙れ。……思い出したよ。君はいったい俺になにをしたんだ?」

「ひどいわ。私を妻にすると言ってくださったじゃないの」

「君はエマじゃない。どうして俺は君をエマだと思い込んでしまったんだ?」

もはや、少しの愛情さえも見られないギルバートの瞳に、シャーリーンの心はボロボロだ。苛立ちのあまり、ドレスの隠しに入れていた薬瓶を壁に投げつけた。ガチャリと音を立てて薬瓶が割れ、壁に液体が染み込んでいく。

「もう……嫌っ。あなたのせいよ。あなたがいるから、みんな私の思い通りにならないんだわ」

「シャーリーン、やめろ」

「やめないわ。貴族の中から妃を娶るのが王太子の義務でしょう？　あなたこそ、どうしてこんな平民の娘にうつつを抜かしたりするのよ」

「エマは優しい娘だ。君に彼女をけなす資格などない」

「落ち着いてください、おふたりとも」

そこに割って入ったのはセオドアだ。

「衛兵、シャーリーン殿は錯乱しているようだ。押さえていてくれ。それと、ギルバート様が目覚めたと国王様に報告を。ギルバート様は医師に診ていただきましょう」

「医師などいらない。エマの薬のほうが効く」

「お気持ちはわかりますが、今はふたりきりになることよりも、釈明にご尽力いただきたいのです。……あなたの目を覚ますために、俺もエマも……そしてヴァレリアも少しばかり無茶をしましたので」

「……？」

ギルバートは意味がよくわからなかったが、セオドアの進言にエマもうなずくので、まずは場の収拾に努めることにした。

医師はすぐに呼ばれ、室内に入ってギルバートが起きていることと、エマがここにいることに二重に驚きつつ、診察を始める。

シャーリーンは衛兵を相手にまだ抵抗している。

「触らないで！　私はキンバリー伯爵の娘よ」と居丈高に向かってくるので、衛兵としては王太子に向かっていかないよう人壁をつくることしかできない。

エマはセオドアの隣でギルバートを見つめていた。

「おかしなところはなにもありませんね。顔色も急に戻られましたし、目の動きも悪くない。いったいなにが起こったんです。目覚めたきっかけは？」

疑問符をたくさん投げかける医師に、ギルバートはにやりと笑う。

「愛する人のキスだよ。おとぎ話の定番だろう」

「ギルバート様、ふざけないでください」

「ふざけてなどいないよ。本当に目が覚めたんだ。恋しい人のキスとその涙でね」

ちらりと視線を向けられて、エマは真っ赤になった。

バームがひらりとエマの頭の上に飛んできて、「うわーキザ」とつぶやいた。

「バーム。どうやって入ってきたの？」

「デイモン様だよ。あの人、僕に『エマを助けてこい』って言って、いきなり窓に石を投げつけるからさ。本当に割れるし。びっくりしたよな」

「デイモン様？　……どうして城に入れたの？」

「さあ。あの人はあの人で、いろいろ手を回していたみたいだぜ？」

バームはクルルとひと鳴きし、「捕まる前に逃げる」と言い捨て飛んでいってしまった。

身分を超えるもの

国王は、老年の男と向かい合っていた。

男の名はデイモン＝メイスン。二十年前に薬や化粧品を販売するメイスン商会を興し、業績を上げ続けていた。彼は国内よりも国外への輸出に力を入れていて、多くの輸出ルートを持っている。メイスン商会といえば、国外のほうが通りがいいくらいだ。

「で、どういう用件なんだ？　メイスン君」

「事業のことで提案があるのです」

「薬の輸出販売だったな。いい成果が出ていると財務官からは聞いているが」

「ええ。販売ルートは徐々に拡大しております。支援者であるノーベリー伯爵も、もっと多く輸送できるようにと大型船の造船への援助を行ってくださいました。とはいえ我が商会が扱う商品はそこまで大きいわけでもありませんし、この販売ルートを我々だけで独占するのも惜しいと思い始めましてね」

「ほう」

「他国への輸出は現在商人任せになっています。商人は運搬してくれる船を探さなければならない。これはもともと資産があるか支援してくれる貴族がいなければ難しい。だから、貴族とつながりのある商人しかできず、交易の発展が遅れているのです。今回、私が提案したいのは、自らが船を準備できない規模の会社も、我々の船を使って、海外への販売ができるようにしましょうというものです。これにより、国内すべての商人にチャンスを与えることができると思っています」

「言っていることがいまいちわからん。どうしたいのだ」

「商人ギルドを設立し、ひとつの商業機構として他国と対等に交渉できるようにしたいのです。すでに他国には多く商人ギルドが存在しております。今のまま個別輸入に限っていれば組織力で負けるのは必至。それにギルド化することで、一定の検査基準を提示できます。これは品質保証という意味でメリットがある」

「ほう」

「そして商人ギルドの信用性を確保するために、国王様からの公認が欲しいのです」

そこへ衛兵が駆け込んでくる。

「国王様っ」

「なんだ、うるさいぞ。今は謁見中だ」

「ですがっ。王太子様がお目覚めになりました……！」

「なんだと?」

国王は立ち上がり、すぐさまデイモンのほうに「すまんが、話は後だ」と告げる。

「わかりました。また翌日まいります」

デイモンは口もとに笑みを浮かべたまま謁見室から退出した。


王太子の私室は今もって混乱状態が収まっていない。

ギルバートは、いまだに不思議がる医師から、脈や目の動きを確認されているし、シャーリーンは衛兵相手に、必死の抵抗を繰り返していた。

「もういい。俺は元気だ。記憶の曖昧なところはあるが、それは自分で確認していく。君は下がってくれ」

ギルバートは医師にそっけなく言い、熱っぽいまなざしをエマに向けた。

エマは射すくめられた気持ちになる。ようやく告げることのできた気持ちを、彼は受け入れてくれた。つい先ほどの出来事がよみがえってきては胸を熱くし、エマの思考を奪っていく。

見つめ合っているふたりに苛立ったように、シャーリーンが衛兵を突き飛ばした。

「ギルバート様。あなたは私に約束してくださいました。私を妃にすると」

しかしギルバートは冷めたまなざしを向けるだけだ。

「そのことについては正式に解消の手続きを取るよ。君からはいろいろと聞きたいことがある。先ほど投げつけたこの薬のことだって」

「その薬をつくったのがエマよ！　私は騙されただけ。あなたが倒れたのも、本当はエマのせいなんだから！」

シャーリーンの発言に、皆の視線が今度はエマに集中する。エマは身をすくめた。

しかし、ギルバートは取り合わない。ますます憎々しげにシャーリーンを睨んだ。

「エマは人を傷つけるようなことをする娘じゃない。薬師だぞ」

「薬師だからこそつくれたのよ、惚れ薬を！　あなたがエマを好きだと思っているのもきっとそのせいだわ」

惚れ薬という言葉に再び室内がざわめく。セオドアをはじめそこにいる人間がいっせいにエマに注目する。疑念の空気が室内に広がり、エマの心臓が早鐘を打ち始めた。

シャーリーンは勝ち誇ったように微笑む。

「エマ、……本当なのか？」

こわばった口調でギルバートが問う。先ほど割れた薬瓶を、ギルバートは見たことがあった。以前薬室で、セオドアとヴァレリアを前に、エマが『これは恋の薬です』

と言ったのを思い出したのだ。

ギルバートの視線にも疑念が混じっているのを感じて、エマは黙るしかなかった。つくらせたのはシャーリーンだが、つくったのはエマなのだ。

「そうでしょ。〝はい〟って言いなさいよ！」

「……たしかに、つくったのは私です」

エマの返答に、ギルバートは傷ついたような顔をした。その顔にエマ自身も傷つけられる。

「ほらね！　この子は魔女なのよ！　ギルバート様、目を覚まして！」

「うるさい。シャーリーン！」

ギルバートがシャーリーンを叱責したタイミングで、国王が入ってきた。

「……なにやらもめておるようだな」

「父上」

「ギルバート、目が覚めたと聞いたが」

「ええ。俺の目を覚まさせてくれたのは彼女……エマです」

「薬室の娘だな。どうやって入り込んだのやら」

国王は威圧的な視線をエマに向ける。

「……君は侵入の罪で投獄だ。ギルバートを救ったふりをして、妃に収まるつもりだったんだろうがそうはいかないぞ」

「父上？」

「シャーリーン殿も言っていただろう。この娘がつくった薬でおまえがおかしくなったというなら、救うまでも含めた自作自演だよ」

「違う！　エマはそんな娘じゃありません」

「おまえは騙されてるんだよ。……娘、反論はあるか？」

必死に反論してくれるギルバートの姿はうれしかった。でもエマは、反論する気にはなれなかった。そう思われても仕方ない。

「薬を使ってはいません。でもつくったのは、……私です」

「認めたな。衛兵。この娘を地下へ」

「エマ！」

「……ごめんね、ギル。こんなことになるなんて思っていなかった。だけど私は薬師だから、薬をつくり出した責任を取らなきゃ」

「エマ、嘘だろう？　嘘だと言ってくれ」

ギルバートの懇願に、エマは目尻に涙を浮かべて笑った。

「嘘はつけないわ。この薬に対する責任は私にあるのよ。……でもね、ギル。薬の効果を解くのは、真実の愛よ。私のあなたへの気持ちが本当なことだけは信じて？」

「ええい！　早く連れていけ」

国王の声に、追い立てられるように衛兵はエマをうしろ手に縛り、引っ立てた。エマが部屋から消えていったのを見て、ギルバートは国王へ掴みかかる。

「父上、なんてことをするのです。エマを早く解放してください」

「なぜだ。おまえを眠らせた薬をつくったのだろう？　なぜ彼女をかばう。おまえをたぶらかし、この国を乗っ取ろうとしているに決まっているじゃないか」

「そ、そうですわ。あの子は魔女です！」

シャーリーンが味方を得たりとばかりに前のめりになった。

けれどギルバートは首を振る。

先ほどは驚いて咄嗟に対応できなかったが、ギルバートはエマが常に薬の使用量に気を配っていたことを知っている。彼女のお茶は、人に安らぎを与えるもの。けっして人に害を成すものではない。

「あの薬を持っていたのは、シャーリーン殿ではありませんか。薬を使ったのも、……でしょう？　俺は体調を崩すようになってからはエマに会っていなかった」

「っ、それは」

「惚れ薬だと言ったたな。君がそれを俺に盛ったんだろう？　だから俺は君を婚約者にと選んだ。そうでなければ気がくるっていたとしか言いようがない。だって俺は、君のことはなんとも思っていない。いや、今はむしろ憎らしい。なにせ、君のせいでエマが捕まったんだから」

「そんな。……ひどいわ」

泣きだすシャーリーンと言葉につまる国王に、ギルバートはたたみかけた。

「俺が妃に欲しいのは、誰よりも人に優しく、誰のことも思いやれる人です。シャーリーン殿、たとえつくったのがエマでも使ったのはあなたです。なのに、この場でエマはあなたを責めなかった。その意味をよく考えたらいい」

「私が悪いっていうの？」

「悪くないと思う理由は？　結果としてあなたは俺に薬を盛ったんだ。その罪はあなた自身が負うべきでしょう」

「……うっ」

うなだれるシャーリーンを一瞥し、ギルバートは国王に向きなおる。

「父上、エマを釈放してください。彼女に悪意などありません。俺はずっと薬室に通っていた。俺になにかしたいなら、彼女はあの時点でいくらでもできたはずだ」

「ダメだ。仮になんの罪がなくとも、薬師をおまえの妃にはできない」

「どうしてですか」

「平民の薬師が妃になるなど、国民たちが失望する」

「人のためにと尽くす娘を、国民が嫌がると？　父上、エマは優しく賢い、素敵な女性です。父上も話せばわかる。とにかく、牢などからは出してください」

「いかん！　これだけの大ごとになったんだ。シャーリーン殿とは婚約破棄しよう。であれば、わしは新たに花嫁候補を探すだけだ」

「父上」

肩を怒らせて去っていく父のうしろ姿に、「わからずやめ」と言い捨て、ギルバートは早足で部屋を出た。

「殿下、どこに行くのです」

「セオドア、止めるな。エマに会いに行く」

「行ったって牢から出してあげることはできませんよ」

「だからといって、あんな冷たいところでエマをひとりにできるか」

「では俺も行きます」

ふたりは連れ立って地下へと向かった。

エマは衛兵に連れられて、城の裏口から一度外に出た。そのすぐわきに扉があり、衛兵はそこに立っていた見張りに声をかける。

「どうぞ」

見張りはぺこりと礼をして、不思議そうに連れられていくエマを見た。

扉の中には地下への階段が続いている。牢は、城の地下にありながら、外からしか出入りできない場所にあるのだ。

石造りの城のため、地下に入れば日もあたらなくなり寒さは増す。もちろん途中にランプはかけられているが、ぼんやりと薄暗く気味が悪い場所である。

階段を下りてすぐに牢番の詰め所があり、さらにまっすぐ廊下が続いている。すぐさま、ひとりの牢番が駆け寄ってきた。

「衛兵殿。いったいどうしたんですか」

「変な薬をつくって王太子様に盛った罪だそうだぞ」

引き渡したほうの衛兵は、「じゃあ頼んだぞ」と言って去っていく。

どことなく見覚えのある牢番は、「はい、たしかに」と言って衛兵を見送った後、おもむろにエマに向きなおった。

「エマさん……だよな。薬室にいた」

「あ、あなたは」

牢番は、客としてエマの薬室に来たことのある男だ。自らと子供が風邪を引いたと言われたので、薬を処方したことを思い出した。

牢番の男はエマの腕を掴み、牢へといざなう。しかし、その扱いは気遣うように優しげなものだった。

「アンタが薬を悪用したって？」

エマが黙ったままでいると、牢番は廊下の突きあたりまで連れてきて、牢の構造を説明した。左右に牢が三つずつあり、右手側に女性、左手側に男性を収監するらしい。牢といっても、ここは留置場のようなもので、本当の囚人は別に建てられた幽閉塔に閉じ込められる。ここにいるのは、罪を確定される前の人間なので、普段はほとんど人がいないそうだ。男性側の牢からは呻《うめ》き声が聞こえるので、誰かしらいるのだろう。

女性側はほかに人がおらず、牢番は一番奥の牢にエマを入れた。牢の中は些末なベッドと薄い毛布のみがある。

「……本当に薬を盛ったのか？」

牢番の問いかけに、エマは苦笑して首を振る。

「飲ませたのは私じゃありません。でもつくったのは本当ですから」

「そうか」

牢番はそのまま鍵を閉めて戻っていく。エマは石がむき出しになった床の上で身震いをした。換気のための穴があるのか、どこからか冷たい空気が入ってくる。

（……寒い）

ベッドの上に置かれた毛布を体に巻きつけても、底冷えする寒さは変わらない。ひとつくしゃみをしたところで、再び牢番が顔を出した。

「寒いだろう。ほら、今あまっている毛布全部持ってきた。床じゃなくてベッドに座ったほうがいい。明かりも暗いだろ？　ランプもうひとつ持ってきた」

「え？」

「俺、君が悪いことするなんて思えないんだよ。俺が薬を買いに行ったとき、親身になって話を聞いてくれたよな。子供にも飲ませたいって言ったら、子供と大人の量は違うから間違えないようにってきつく言ってたじゃないか。冤罪ならじきに晴れるよ。風邪引いちゃ大変だ」

「……ありがとうございます」

「アンタの薬でさ、俺も子供たちもすぐよくなったよ。王城に薬室がなくなってがっかりしてたけど、城下町にも店があるって聞いたから、今度はそっちに行くな」

男はにっこりと笑うと、エマに毛布を押しつけ、また戻っていく。

（……信じてくれた）

エマの胸がほっこりと温かくなる。城にいたのはほんのひと月ほどだ。それでも、その間にエマの薬室にはたくさんの客が来た。そしてその中の一部の人たちは、こうしてエマのことを信じてくれるのだ。

ベッドの上で膝を抱えたまま、新たにもらった毛布もかぶったが、体の震えは止まらない。日があたらないと、こんなに冷え込み方が違うのかと思うくらい寒かった。

（これから、どうなるのかしら）

不安で涙が出そうになる。けれど沙汰を待つしかないのだ。エマは薬をつくってしまった罪を償いたいのだから。

そのままじっとしてしばらく経った頃、不意に牢番の詰め所あたりが騒がしくなる。

「ここからは牢です。王太子様のお入りになるところじゃありません」

牢番の声に、エマは驚いて顔を上げた。

「いいから、通せ。先ほど連れられてきた娘がいただろう。どこに入った？」

「ああ、エマさんですか」

「冤罪だよ。晴らしてやりたいんだが父上が納得してくれない」

「こちらです。どうぞ」

声が近づいてくる。エマは信じられない思いで柵に近寄った。

「……ギル」

「エマ！　大丈夫か？」

エマの姿を見つけて、ギルバートとセオドアが駆けてくる。

ギルバートは柵につかまるエマの手に、自らの手のひらを重ね、顔を近づける。

「すまない、父上が。……すぐにシャーリーンに罪を認めさせるから待っていてくれ」

「シャーリーン様は？」

「今度はだんまりを決め込んでいる。仕方なく、今は一室に軟禁状態だ。薬を使ったかどうかをまず本人に認めさせなければならない」

「そうですか」

「君がつくったというのは本当か？」

ぎゅ、と手を握られ、エマは少しだけ申し訳ない気分になった。

「はい。……でも最初は断ったんです。惚れ薬などつくれませんって。……でも、興味本位でつくってしまって……。ヴァレリア様とセオドア様がいらっしゃったときに、一度お茶に入れたのを覚えていますか？　両思いのふたりが飲むなら、それは勇気を出すための薬になると思いました。でもおふたりも飲まなかったし、その後は捨てようと思っていたんですが、シャーリーン様に取られてしまって……」

エマはギルバートを改めて見つめる。顔色もよくなっているし、すっかりもと通りの様子だ。それに少し救われた気分で続ける。

「奪われるような形だったので、量の説明ができなかったんです。一度使うだけなら、体調に影響がでるようなものではなく、ほんの数日、目の前の人を恋しい人だと思う効果があるだけ。でも、繰り返し使うと、暗示効果であなたのように思考がぼんやりとして果ては眠り続けてしまう。……結果として、あなたを、あんな目にあわせたのは、私の責任なんです」

「だから、おとなしく捕まったっていうのか？」

あきれたような声だ。うなずくエマの手を、ギルバートは大きくため息をつきながらより強く握る。

「たしかに俺がおかしくなったのは君の薬のせいなんだろうな」

「殿下？」

突然、ギルバートがエマの言うことを肯定し始めたので、セオドアが驚く。エマもぱちくりと目を見開いた。

「だが、君は俺を目覚めさせた。薬をつくった罪はそれでチャラになると思わないか？」

「……ギル」

エマの罪を認めた上で、もう贖罪はすんだと言ってくれているのだ。

ギルバートのその言葉は、エマの胸につかえていた罪悪感を振り落としてくれた。

「そうなれば君がここに捕まっている理由はないだろ？　俺は父上を説得して必ず君をここから出してやる。少しの間辛抱してくれるか？」

「ギル……」

「俺を信じて、エマ」

柵越しに近づくギルバートの顔。エマの瞳からは安堵の涙がこぼれ、柵におでこを押しあてるようにして彼に応える。

あと少しで、ふたりの唇が重なるところで、セオドアが「ゴホン」と咳払いをした。

その途端、エマは我に返って柵から離れる。

（そ、そ、そうだ。ふたりきりじゃない！）

「……おまえ、空気を読め」

　思いきり不機嫌そうに睨むギルバートに、顔を赤らめたセオドアもバツが悪そうだ。

「殿下こそ空気を読んでください。ここをどこだとお思いですか。それより早くエマが釈放されるように動かないと」

「わかっている。牢番！　エマを丁重に扱えよ。彼女になにかあったら、おまえを処罰するからな！」

「はいぃぃ！」

　悲鳴のような声をあげる牢番に、エマは思わず笑ってしまう。

　ギルバートが来てくれたおかげで、先ほどまでの心細い気分が晴れていく。気を取りなおしてベッドに腰かけたエマは、窓がない地下の牢獄を見てため息をつく。

（ここじゃ、バームにも会えない。……寂しいな）

　今まではなにがあってもバームがそばにいてくれた。それだけで、助けられていたんだとエマは改めて実感する。

　エマはベッドの上で毛布にくるまり、これから尋問されるであろうシャーリーンのことを思った。

いつも、薬をつくったり売り子をしたりと慌ただしく生活していたエマにとって、なにもできない時間は、途方もなく長く感じられた。

寒いと思い、ベッドの中で丸まっているといつの間にか寝てしまう。

「いけません、殿下」

「どうしてだ。彼女を牢からは出さない。父上が望む要件は満たしているだろう」

「ですが」

「いいからおまえはなに食わぬ顔で番をしていろ。リアンが来ても取り次ぐなよ」

「無理です」

「セオドアのところに行ったと言っておけ」

話し声で目を覚まし、そこにギルバートの姿を見つけてエマは目を丸くする。

「ほら、鍵を出せ」

「はい」

牢番は、腰を屈めて牢に入るギルバートの背中に念を押すように告げた。

「……間違っても、ここでお戯れはおやめくださいね？」

「こんな状況でそんなことするか。いいからおまえは戻ってろ」

シッシッと手を振られ、牢番がしぶしぶと定位置へと戻っていく。

エマはそれが本当にギルバートなのか信じられなくて瞬きを三度した。

「遅くなってすまない。今日中にカタをつけることが難しくて。でもひとりでこんなところで夜を過ごさせるわけにいかないよ。俺も一緒にいる」

笑顔で近づいてくる彼は間違いなくギルバートだ。みすぼらしい牢には似合わない、逞しい体躯にきらびやかな服をまとった王太子様。エマは慌てた。

「ダメよ、あなた王太子様なのに」

ギルバートはきょとんとし、ははは、と笑うと、エマの唇に人さし指をあて、魅惑的に微笑んでから床に座った。

「……王族は床に座らないとでも思うのか？」

「ここは冷たく寒いわ。あなたがいるような場所じゃない」

「冷たくて寒い場所に愛する人をひとりにして、自分だけやわらかいベッドで眠るような男が、国を守れると思うか？　人ひとり守れないのに」

「……ギル」

ギルバートには説得力があった。それを受けるのが自分だと思うから素直に受け入れられないだけだ。たとえばセオドアがヴァレリアを助けるために同じことをしようとしたならば、エマだって「その通りです」と言っただろう。

「牢で寝るくらいのこと、なんてことないよ。君をひとりで泣かせているよりずっとマシだ」

そして、一度彼の言葉を受け入れる隙ができたら、エマがかたくなに閉じていた殻は壊れてしまった。彼の言葉が、大雨に打たれたときのようにエマのすべてに降り注ぎ、浸透していく。

「……どうした？　急に黙って」

気がつけば涙がこぼれていた。エマはそれを見せるのが嫌で、腕で顔を隠すようにして鼻をすすった。だけどそれも、すぐにギルバートによって取り払われる。

「離して」

拗ねているようにも甘えているようにも聞こえるエマの声に、ギルバートは気持ちの抑えがきかなくなって、彼女を強く抱き寄せた。

「嫌だ。俺はもう君を離したくない。せっかく君を思い出せたんだ。……初めて城下町で出会ったときから、君に惹かれていた。ずっと君を自分のものにしたかったんだ。……俺は王太子で、結婚は俺の個人のものではあり得ない。どうしたって国への利益を考えなければならない。ずっとそう思っていて、だからこそ君に嘘もついた。だけど、そんな迷いも、もう捨てた。俺は自分の好きな人を妻にして、それでも国を

さわしいんだと」

「君は危険を冒しても俺を救いに来てくれる、勇気と愛情のある人だ。王妃にふさわしくないという人がいても、俺は自信を持って言える。エマは、誰よりも俺の妃にふさわしいんだと」

エマの瞳から、ぽたぽたときらめく滴が落ちていく。

「エマ、泣いてる」

「だって、うれしいんだもの。でも自信なんてない。私はただの薬師で、なんの身分もない。あなたの妃にふさわしいなんて、誰も思わないわ」

「そう思うなら、君は自分のことをよくわかっていないんだ」

そう言うと、ギルバートはポケットから、分厚く、幾重にも布で包まれた塊を取り出した。

「これは?」

「ヴァレリア殿から預かってきたんだ。焼いた石が入っている、即席の暖房器具らしい。熱いからじかに触ってはいけないよ。ベッドの足もと付近に入れるものだそうだ。女性に冷えは大敵だからとね」

「ヴァレリア様が？」

「君のことを心配している。さすがは女性の気遣いだなと感心したよ。ヴァレリア殿にこんな一面があるとは、俺も知らなかった。以前の彼女だったら、自分から俺に話しかけることもなかったんだ。……彼女を変えたのは君だね」

「私？」

「ああ。ヴァレリア殿だけじゃない。城に住まう多くの人が、今回の騒動を聞いて、君がとらえられたのは間違いだ、と訴えているんだ。納得していないのはわからずやの父上と一部の貴族だけだよ」

「そうなの？」

てっきり、みんなから恐ろしい薬をつくる魔女だと思われ、嫌われてしまっただろうと思っていた。信じてくれたのが、牢番の彼だけじゃなかったことに、驚きとともにうれしさが湧き上がる。

ギルバートはエマを抱きしめる腕に力を込めた。

「君はここにいたたったひと月ほどの間に、すごい人数の味方をつくったんだな。しかも、その人たちの身分が多岐にわたる。騎士団員、使用人、そして貴族だ。なあエマ、これってすごいことだろ？　なんの身分もないただの薬屋のエマが、こんなに人から信用されたんだ。人に愛され、人を助けることができる。それが、俺が求める妃の姿だ。身分なんかより、ずっとずっと大切なこと。君はそれを持っている人なんだよ。だから俺は君がいい。君じゃなきゃダメなんだ。……頼むエマ。俺の妃になると誓ってくれないか」

「ギル……」

エマは胸の奥が熱くなる。身分も関係なく、ギルバートがエマ自身を見てくれているのがわかるから。

だけどそれでも踏ん切りがつかないのは、秘密があるからだ。エマはギルバートにすべてをさらけ出しているわけじゃない。

「……あなたに内緒にしていることがあるの。それを知ったら、あなたは前言を撤回したくなるわ」

「強情だな。なんだい言ってごらん」

促されて、エマは心を決める。

「私は……その」

それでも恐怖が消えずに、口ごもる。

ギルバートが好き。だから嫌われたくない。でもなにも知らずギルバートがエマを妃にすれば、今度はギルバートが糾弾されるかもしれないのだ。

エマの口からようやく重い秘密がこぼれ出た。

「……私、魔女なの」

「魔女？」

予想外に、ギルバートはからっとした声で笑った。

「シャーリーンが言ったことを気にしているのかい？　魔女だなんて物語の中の存在だよ。薬をつくる人間がそうだなんて言っていたらきりがない」

あっけらかんとそう言われ、逆にエマはムキになった。

「本当なのよ。私は魔女なの」

「じゃあなにかい？　君はサバトに参加し、ほうきに乗って空を飛び、毒薬をつくったり人を洗脳して政治を混乱させたりするのかい？」

「そんなことできるわけないでしょう。それは物語の魔女よ。本当の魔女は薬をつくるの。……あなたが身をもって体験したような、人の意思さえ変えてしまうようなものもつくれるのよ」

「それだけで魔女なの？」

ギルバートは少し体を離し、エマの顔を両手で包んだ。

「君はたしかに薬をつくる。だけどそのほとんどは病気や怪我を治すものだ。そういう魔術を使う人間を、物語では白魔術師というのだそうだよ。女の子だったら白魔女といえばいいのかな。そこは俺も、勉強不足で知らないけど」

「……白魔女？」

「そう。たしかに君のつくる薬は、魔法のようだよ。でもいい魔法だ。誇ればいいじゃないか。それが俺の妃になれない理由だというなら、俺はあきらめないよ」

「でも」

「でもじゃないよ。魔女が、悪意を持って魔法を使う悪いものだと定義するなら、君は魔女じゃない。だって君には、いつだって悪意はないじゃないか。怪我をした人、病気の人、助けを求める人。そんな人のために使う魔法だ。なにがいけないんだ？」

ギルバートを見つめるエマの瞳からはぽろぽろと涙が落ちていく。

「なあエマ。能力があることが悪いとは俺は思わない。大事なのはそれをよりよく使えるかどうかだ。俺は今のように身分の高い者だけが政治に携わるような国じゃなく、高い能力を持った人間が正しく力を使えるような国をつくりたいんだ。それには、今の貴族社会と戦っていかなきゃならない。俺は戦って疲れるだろう。そんなときに、君がいれば、俺はまた元気になれる。俺を支えて助けることができるのは君だけなんだよ」

真剣に言うギルバートに、エマの気持ちも解けていく。魔女であることも受け入れて、望んでくれるなら、悩むことなどない。

「本当に私で大丈夫？」

泣きながら小首をかしげるエマに、ギルバートが満面の笑みで応える。

「君じゃなきゃ無理だ」

「ありがとう。……大好き、ギル」

エマは自分から、ギルバートに抱きついた。

「エマ」

ギルバートは優しくエマの髪をなで、そして、少し顎を持ち上げ、彼女のぷっくりとした唇に口づけた。

「誓いのキスだ」

「こんなところで？」

「場所なんて関係ないよ。俺と君の気持ちが重なったのなら、どこでも最高の場所だ」

「うん。そうね。ありがとう」

頬を染め、潤んだ瞳でギルバートを見上げると、彼は感極まったように再び彼女を引き寄せる。

「……かわいいな！　エマは」

チュッチュッチュッと何度も鳴るリップ音。ギルバートは頭や頬、唇と、何度もキスを繰り返す。急に激しくなる愛情表現に、エマはドキドキしっぱなしだ。

「ギル、あの、やめて。その……」

「どうして？　好きな子にキスしたいのは普通のことじゃない？」

「でも……恥ずかしいし」

「慣れてよ。だって初めてなんだ。一緒にいてうれしいのも、かわいくてかわいくて抱きしめたくて仕方ないと思うのも」

ギルバートは彼女を冷たい床の上からベッドの上へ移動させた。たくさんある毛布を頭からかぶり、ただでさえ狭い牢の中に、さらに狭いふたりきりの空間をつくる。

「……好きだよ。エマ。君のことを思い出せてよかった」

心底安堵したような声に、エマの心もとろけていく。

「私も、安心した。……私のこと、怖がらないでくれたから」

「さっきの魔女の話かい？　……怖がらずにいられるのは君が誰かに悪いことをするはずがないと信じられるからだ。君自身の力だよ」

それは、エマに自信をくれるひと言だった。

（そうか。私をちゃんと見てくれてる人は、私を怖がらないんだ）

肩書でも身分でもない。エマ本人を見て、信じられる人間だと思ってくれた。

そんな人が彼以外にも多くいる。その事実は、エマをおおいに勇気づけてくれた。

「……大好きよ、ギル」

満面の笑みを見せたギルバートは、再び優しくエマの頬にキスをする。この時間だけで何度キスをされたのか数えきれないくらいだ。

「あーやばいな」

ぽつりとつぶやき、ギルバートは体勢を変える。ベッドに座り、壁に背をつけ、エマをうしろから覆うように抱きなおす。

「やばいってなにが？」

「いや。俺は今まであんまり女性には興味なかったんだけどな。……エマといると触りたくなって困る」

「触るって、……え？」

真っ赤になるエマをうしろからぎゅっと抱きしめる。肩にギルバートの顎がのり、密着具合にエマは心臓が飛び出しそうだ。

「そんなに怯えないでよ。せっかく思い出せたのに嫌われたくない。エマの嫌がることはしないって。今日はここまで。ちゃんと救い出すから、待ってて」

そう言うと、ギルバートはなだめるようにぽんぽんと一定のリズムで彼女の腕を優しくたたいた。その緩やかなリズムは、エマの心を徐々に穏やかにし、やがて眠りの世界へと引き込んでいった。


目を覚ましたとき、エマはベッドに横になっており、隣にはギルバートが寝ていた。狭いベッドだから当然彼とは密着する形になり、少し身じろぎしただけでギルバートのほうも目を覚ます。

「お、おはよう」

「おはよう、エマ。はは、なんかドキドキするな」

照れたように軽く頬を染めて微笑むギルバートに、エマの胸の動悸も高まったが、それよりも時間のほうが気になった。

「そんなこと言っている場合じゃ……もしかしてもう朝なんじゃ……」

それを証明するかのように、リアンが血相を変えてやって来た。

「なになさってるんですか、殿下！」

「ようやく気づいたのか。うるさいぞ、リアン」

「王太子ともあろうお方が、牢でひと晩を明かすなど！」

「ガタガタうるさい。おまえの声で人に知られたらどうするんだ」

ギルバートは、リアンをなだめた後、エマを振り返って優しく微笑んだ。

「今日こそはここから出してやるから。待ってろよ」

「うん」

その笑顔は頼もしく、エマの心に勇気が湧いてくる。

（……私も、がんばろう。国王様や、みんなに認めてもらえるように）

もう自分を卑下する気持ちは浮かんでこなかった。

ギルバートの言葉を、信じる。必要だと言ってくれるならば、精いっぱい彼の力となる。エマは清々しい気持ちで、決意を新たにした。

王太子殿下の愛しい薬屋

まだ早朝なので、廊下には見張りの衛兵くらいしかいなかった。リアンとギルバートは人目につかないように足早に部屋へと戻る。

「まったく、様子をうかがいに覗いて、ベッドに殿下の姿がないときはどうしようかと思いましたよ」

部屋に入ったところで、リアンがブチブチと文句を言い始めた。

「まだ起床時間には早いだろう。どうしたんだ」

「病み上がりですから、国王様にこまめに様子を見に行くよう言われています」

「父上が？　おまえそれで、俺がここにいないって言ったのか？」

「言えるわけないでしょう。これ以上、国王様を怒らせたら倒れてしまいます。それに、エマ殿がこれ以上悪く思われるのもかわいそうですしね」

ギルバートの従者とはいえ、普段からどっぷり国王に心酔しているリアンのその発言に驚き、ギルバートは思わず顔を二度見した。

「……おまえは父上の味方なのかと思っていた」

「そりゃ、殿下のお相手がヴァレリア様だというならば、絶対にそちらを応援しますが、……シャーリーン様でしたらエマ殿のほうがいいです。優しいいい子ですしね」

「エマを知っているのか？」

「薬を買いに行ったことが何度かあります。忙しいタイミングだったようで、三人も並んでいましたが、笑顔でちゃんと応対してくれましたよ。普通にいいお嬢さんです。殿下が余計なちょっかいを出さなければ彼女が傷つけられることはなかったんですよ」

「俺のせいか？」

「そうじゃないですか？　王様だってシャーリーン様だって、彼女があなたの相手じゃなければ、目もくれないでしょう？　身分の低い従者や侍女、まして使用人の扱いなど、そんなもんですよ。下手すれば存在さえ目に入りません」

なるほどリアンの言うことも一理あったが、その理論は気に入らない。ギルバートはしれっと言うリアンを睨みつける。

「仮にそうだとしても、もう遅いだろ。俺はもう、エマをその立場まで引き上げてしまったんだ。巻き込んだからには守りきる。なあ、リアン。シャーリーン殿が気に入らないなら、おまえも俺につかないか」

だとすれば味方を増やすのみ、だ。

リアンが見せる隙は、エマによって引き出されたもの。その隙をついて、側近の心を掴むのはギルバートの役割だ。

「そうですね。ここ数日の張り合いのない殿下に比べたら、今のほうが私も好きですし。あなたはどうせほかのご令嬢を前にしても、ちっとも乗り気にならないんでしょうしね。これ以上国王様を長く悩ませているより、もしかしたらいいかもしれません」

「決まりだ。父上を説得するために、本腰を入れようじゃないか」

またひとり、味方ができた。今までギルバートひとりではうまく回らなかった人間関係が、エマの存在で動いていく。それを実感するたび、ギルバートはエマが妃にふさわしいという自信が湧いてくるのだ。

「絶対に、父上にも納得させてやる」

ギルバートは無意識のうちに笑みを浮かべていた。

国王は謁見室で苦虫を噛みつぶしたような顔をしている。

朝から、ギルバートがこれまでと打って変わった生気あふれる態度で、エマとの結婚を訴えてきているのだ。

シャーリーンは、夜通しキンバリー伯爵から説教をされてようやく、薬をエマから奪い取り、使ったことは認めた。その噂は、衛兵を通じて城にいる一部の者たちに広がっていた。

それでもエマを牢から出そうとしない王に、使用人たちもエマの無実を訴えにやって来ている。廊下に控えさせてはいるが、国王は集まった人数の予想外の多さに居心地の悪い思いをしていた。

「ですから父上。エマを俺の妃にすると認めてください。そして、早く彼女を牢から解放していただきたい」

「ギルバート。何度言えばわかる。あんな娘が王太子妃になるなど、いったい誰が認めるというのだ」

「父上が、〝あんな娘〟という根拠は？　俺はエマが人から愛される娘だと証明できます。入ってくれ、ヴァレリア殿」

「はい」

呼ばれて、謁見室へ入って来たのは、セオドアに付き添われたヴァレリアだ。

「国王様。エマさんは人のことに親身になってくださる、優しい方ですわ。私だけじゃない、私の侍女やこの城の多くの人が、彼女の人柄と薬に助けられたんですの」

ヴァレリアの声は震えている。縁戚とはいえ国王に一貴族の娘が進言するなんて恐れ多いことだ。しかし、支えてくれるセオドアに勇気づけられるように最後まではっきりと言いきった。

セオドアも、「恐れながら……」と後に続ける。

「騎士団も、彼女がいなくなって士気が下がっております。騎士団には医師に頼むまでもないちょっとした怪我が多く、エマは些細なことでも丁寧に応対してくれるいい薬師でした。アフターケアもしっかりしています。こんな気配りができる女性は、俺はあまりいないと思います」

「セオドアまで。……おまえたちだってわかるだろう。いくら人柄がよくても、王家に大事なのは血筋や格なんじゃ。そこいらの平民の娘を入れるわけにはいかぬのだよ。仮に国民が納得したとしても、この国の政治を動かしている貴族たちが納得しなければ、おまえが苦労するんだぞ、ギルバート」

国王が苦悩をあらわにしたそのとき、ひとりの男が謁見室へ入ってきた。

「それに関して、私に提案があります」

「君は、……メイスン君」

現れたのはデイモンだ。眼光鋭い老年の男の登場に、ギルバートも息をのむ。

「昨日のお話の続きです」

「父上、この方は？」

「メイスン商会の会長だ。おまえも聞いたことくらいあるだろう」

「ええ。輸出額が高い商会でしたね。……でもそんな大商人がどうして」

不思議がるギルバートに、デイモンは挑戦的なまなざしを送る。

「我が商会だけでなく、ほかの小さな店も輸出によって利益を出せるように、商人ギルドの開設を持ちかけているのです。昨日は途中で話が終わってしまいましたが」

「その話はわかったが、今は取り込み中だ。またあとで来てはくれないか」

国王が追い払うように手を振ると、「今のもめごとを解決する一助になると思ったので、差し出がましく意見させていただいているのです」とデイモンは早口で続けた。

「要は、エマの実家に、王家に嫁いでも障りないくらいの家柄なり金銭があればいいのでしょう。今さら血筋はどうすることもできませんが、家の格ということであればなんとかなります」

「どういうことだ？」

「僭越《せんえつ》ながら、国王は我がメイスン商会を、国にとってどの程度の立場だとお考えですか？」

「メイスン商会の納税額は高額だな。国には貢献していると思っておる。他国からの認知度が高いのも特徴だ」

「さすが国王様。正しく理解しておられる。加えて、昨日の商人ギルドを認めていただければ、その業績はもっと伸ばすことができると考えております」

「うむ」

「その商人ギルドの長を、私はエマの父親のジョンに任せようと思っております」

「えっ？」

驚いたのはギルバートだ。国王も口を半開きにして見つめる。

デイモンはふっと微笑み、続ける。

「グリーンリーフはそもそもメイスン商会から派生した薬屋なのです。ですから、ジョンもエマも私の一族のひとりです。……私はこの通りいい年で、息子はおりますが、事業を継ぐ気がありません。ですから、新しいこの商人ギルドを支えていくものを一族の中から選ばねばならないのですよ。ジョンは城下町というういい立地に店を構えておりますから、商売人たちの情報も得やすい。よって商人ギルドの初代の長には、ジョンを選ぶつもりです。……商人ギルドが成功すれば、数年で貴族を黙らせるほどの家柄になりますぞ」

「本当か？」

「ええ。ですから。まずは商人ギルド設立の許可を。国王の認可があるのとないのとでは、海外での信用度が変わりますからな」

「父上。……いい話ではありませんか。お願いします」

ギルバートを味方につけ、デイモンは勝ち誇ったように笑う。

謁見室の入り口で、事の次第を心配して息をつめて見守っている使用人たちも、期待のまなざしを向けた。

国王はついに観念した。エマというなんの身分も持たない少女が、これだけの人間の心を動かしたのは、間違いのない事実なのだ。

「わかった。……地下牢からエマ嬢を釈放してここに連れてこい。商人ギルドについてはここで答えは出せない。財務官とも相談せねばならないし、貴族議会を無視するわけにもいかん。ただ、前向きに検討することだけは約束しよう。それと、シャーリーン殿は王太子に薬を盛った罪で裁こう。キンバリー伯爵も監督不行き届きで謹慎だ。あとで沙汰を伝えに行くから、別室に控えさせておけ」

「父上、ありがとうございます！」

「だが、ギルバート。変わり種の妃をもらえば、なんらかの嫌がらせはある。おまえは国と妃、どちらも守らねばならんのだぞ。その覚悟があると信じていいのだな？」

「もちろんです！　エマと一緒なら、俺はきっとどこまでもがんばれます」

「わかった。……廊下にいる者たちは下がれ、さっさと仕事に戻るのだ！」

国王の一喝に、様子をうかがっていた使用人たちは蜘蛛の子を散らすように持ち場へと戻っていく。

やがて、衛兵に連れられたエマが姿を現した。エマはまだ状況がのみ込めていない。

「釈放だ」と言われ、喜んでくれた牢番との別れもそこそこに、ここに連れてこられたのだ。

「エマ！」

ギルバートは、エマを見つけた途端に駆け出し、彼女の姿が誰からも見えなくなるように抱きしめる。

「ちょっと、ギル。人前っ……」

「だってエマ。うれしくて気持ちが収まらないよ。俺はやっと君が好きだとみんなに公言できるんだ。ほら、こっちへおいで。父上に挨拶してほしい」

「えっ」

エマが改めて謁見室の中を見回すと、国王と側近の二名、記録官、ヴァレリアとセオドア、そしてなぜかデイモンまでいる。

半ばパニックになりながらも、エマはギルバートに連れられて国王の前で一礼した。

「エ、エマ＝バーネットと申します。父は城下町で『グリーンリーフ』という店を経営しています」

声が震え、エマの心臓は大暴れしている。昨日、「牢へ連れていけ」と怒鳴られた声をまだ忘れていない。国王に対しては恐怖心のほうが強かった。

しかし、そんなエマの思いとは裏腹に、国王がこぼしたのは、どこかあきらめに満ちた声だった。

「それに今後は商人ギルド長という肩書が加わるそうだ。……ギルバートの意向を受け、君を王太子妃に迎えようと思う。そのために、今後はお妃教育を受けてもらわねばならん。薬屋をやめ、王城に入ってもらうことになるだろう。今までの君の暮らしにはないことばかりだ。耐えられるか？」

エマは顔を上げて国王を見つめた。予想と違い、国王のまなざしは、エマをさげすんでも哀れんでもいなかった。ただ、決意を問うことで、彼なりの物差しでエマを測ろうとしている。

エマも、一瞬黙って考える。

国王が言っているのは事実だ。平民のエマには、上流階級の心得などなにひとつわからない。社交のためのダンス、上流階級との会話、マナー、振る舞い。どれをとってもエマには初めてのことばかりで、つらい思いをするほうが多いだろう。もちろん、生活は一変する。身分の違いとはそういったものなのだ。これまで暮らしてきた場所とは違う舞台に立つには、生半可な覚悟ではつぶれてしまう。ただ好きだという感情だけでそれに耐えられるのかと問われているのだ。

エマは、今まで国王が反対し続けた理由がわかるような気がした。

「……それでもギルバート様が私を必要としてくださるなら。私は彼の薬になりたいのです」

「薬？」

「ええ。弱ったときには体を治すお手伝いを、健康なときは心がふさがないようういつも笑顔で。私は、彼や彼を支えてくれる方々の薬のような存在でいたいのです」

国王はまぶしいものを見るときのように目を細め、疲れたような声を出した。

「……なるほど、おまえの欲していたのはそういうものか」

「どうです？　父上。彼女はこの国にとっても、いい王妃になってくれるはずです。俺はそう信じています」

意気揚々と語るギルバートもまた、王にはまぶしかった。まだまだ青くさく、理想論で生きるような王太子は、老獪《ろうかい》な貴族たちとの政治の駆け引きに、おそらくとても疲弊するだろう。そのために、国王は強いうしろ盾となる貴族をギルバートの義理の父親にしたかった。けれど、彼自身が求めているのは、どれだけ傷つけられたときにもまた力を取り戻させてくれる、優しい妃なのだ。

「……正式な婚姻は一年後としよう。それまでにメイスン殿は事業の発展に尽くしてくれ。エマ殿は準備が整い次第城に住まうといい。妃教育は王妃に任せよう」

「ありがとうございます。父上！」

ギルバートは感極まってエマを再び抱きしめる。「ちょ、離してギル！」とエマが慌てるのを、国王はあきれたように見ていた。

「やれやれ、あの淡白なギルバートが君の前だとずいぶん態度が違うな。世継ぎの誕生に関しては期待できそうだな」

国王のからかいを込めた発言にエマが真っ赤になる。

「だが、一応外聞というものもある。婚礼が調うまで間違いを起こすんじゃないぞ。ギルバート」

「気をつけます。一応」

「一応ってなに？　もうっ、離してギル！」

真っ赤になったエマの叫びに、一同が笑いだす。もちろん国王もだ。謁見室は久しぶりに和やかな空気に包まれた。

それから、エマはギルバートの部屋に連れていかれた。

昨日も入った部屋だが、そのときは中をゆっくり見る余裕はなかったため、周囲を確認するのは初めてだ。

広く明るい部屋で、ベッドと書棚、暖炉に書き物机とソファが置かれている。

ギルバートはエマをソファに座らせると、釈放に至った一部始終を聞かせた。

「そっか。みんなが助けてくれたのね……ですね」

エマがうれしそうに微笑むと、ギルバートは不満そうに眉をひそめる。

「なんでかしこまるんだ？　よそよそしい」

「だって。ギルは王太子様だもの」

「君は俺の婚約者だ。ふたりきりのときにそんな気遣いはいらない」

「でも、周りの人から怒られたりしないの？　王太子様に不敬な……とか」

エマは小首をかしげる。

「私、なんにもわからないんだもの。本当にあなたのそばにいて大丈夫なのかしら」

「そうだな。生まれてきた環境が違いすぎる。たぶん俺たちの間では常識も違うんだろうな。だから言葉にすることが大切なんだと思う。エマは俺になんでも聞いてよ。俺もわからないことは全部君に聞く」

「そうね。……じゃあさっそくだけど、私はこれからどうすればいいの？」

「城に部屋を用意するからそこに入ってもらう。ああ、あとでご両親を呼ぶから正式な話をしよう。しばらくは城に慣れることだな。あとは君も願ってくれた通り、俺を支える存在であればいい」

「支えるってどうするの？」

「これだけでいいよ」

ギルバートはエマをぎゅっと抱きしめた。

思いきり髪のにおいを吸い込まれ、エマは慌てて離れようとするが、力が強くて抜け出せない。

「離して。ギルも知ってるでしょう？　昨日は牢にいたんだから汚いわ。においなんて嗅がないで」

「君の香りだ、汚いことなんてないよ」

「もうっ、私にだって乙女心くらいあるのよ。好きな人に触られるときは綺麗でいたいの！」

「そう思うなら俺の男心だってくんでよ。ようやく君を婚約者としてこの手に迎えることができたのに、キスのひとつもさせてくれないの？」

言われて、思わずエマは顔を赤くする。

「……キス？　したいの？」

「そんな驚かなくてもいいだろう？　好きな人とキスしたいのは当然のことだ。俺は君を見るたびに、自分の気持ちを君に刻みつけたくなる。誰よりも君のことを好きだって」

首のうしろを押さえられ、ギルバートの唇がエマのそれをふさぐ。時折舌が唇をなぞり、エマは経験したことのない感情に襲われる。キスが甘い、なんて実際にはあるわけがない。味覚としては全然甘くなんてないはずなのに、心の奥が、甘いものを食べたときのように浮き立ってふわふわしてくる。

恥ずかしいと思うのに、もっと触れていてほしいと願ってしまう。ギルバートの手が首を伝い、エマの顎を押さえて角度を変えたキスを落とす。腰のあたりがウズウズしてきて、エマは目をトロンとさせ、彼に体を寄り添わせた。

「ギル……」

「かわいい、エマ」

手が絡められる。目もとや髪、いろいろなところにキスを落としながら、ギルバートはエマの髪を優しくすいていく。

エマがうっとりと彼に身を持たせかけたとき、ギルバートの私室の窓がカツカツと激しくたたかれた。

「……バーム！」

窓の外にバームの姿を見つけ、エマは一瞬で正気に戻った。慌ててギルバートの腕から抜け出し、顔を真っ赤にしたまま窓辺へと駆け寄る。

「ギル！　窓を開けてもいい？」

「いいけど。……そのマグパイは」

「バームよ。昨日帰らなかったから心配して捜してくれてたんだわ」

エマが窓を開けると、バームはすぐに入ってきて、鏡台の上に止まる。その瞳に怒りが込められているのをエマは見逃さなかった。

「まったく、こっちはひと晩心配し続けていたっていうのに。なにやっているんだよ」

「バーム、落ち着いてよ。私、昨日は牢に閉じ込められてて、窓がないからあなたを呼べなかったの。忘れていたわけじゃないし、今はようやく解決して気が抜けていたから。……その、ごめんなさい」

ギルバートの耳には、バームの声は「クルッコロ」としか聞こえない。しかしあまりにもテンポのいい彼女とバームのやりとりに、ギルバートはようやく思い至った。

「ちょっと待った、エマ。……まさか、鳥と話せるのか？」

エマはきょとんとし、バームと目を見合わせ、困ったように肩をすくめる。

「ギル。信じてくれたんじゃなかったの？　私が魔女だって」

「それは信じたけど。……鳥と話すこともできるなんて……すごいな」

そして膨れっ面のエマの頬をツンとたたくと、改めてバームに呼びかける。

「バーム。俺はエマを妃にすることにしたんだ。君にも祝福してもらいたい」

「はぁ？　なに勝手に決めてるんだよ。エマは薬屋だぞ？　なあ、エマ」

「本当なの。私、彼の婚約者になったのよ」

「は？　嘘だろ？　僕のエマが結婚？　こんな男と？　本気かよ」

エマがうなずくと、バームはショックを受けたように、「帰る」と言って出ていってしまった。

「……なんて言っていたんだ、エマ？」

ワクワクした目でギルバートに見つめられ、エマは困ってしまう。

「信じられないみたいで行っちゃった」

「そうか、残念だな。俺も彼の言葉がわかればいいのに」

本気で残念がる彼に、エマは思わず心の底から笑ってしまった。


午後には、エマの両親が城に呼ばれた。

デイモンとクラリスも同席していて、ジョンはギルド長の話と結婚の話と二重の意味で驚かされる。

「俺がギルド長なんて無理だよ、デイモン様」

「情けないことを言うな。おまえ、娘がかわいいんだろう。少しは力になってやれ」

エマの父のジョンは、のんびりとしていて人がいい。実直に決められたことをコツコツとやるので、他人からの信頼は厚いが、人の上に立つ性格ではない。

デイモンとしてはそこを見越してジョンを長の地位に置き、実際にはベティに交渉を任せればいいと踏んでいた。

もちろん、メイスン商会自体はギルド構成員の一員として、まだまだ元気なデイモンが仕切るつもりでいる。

「おまえはギルド長を名乗り、事務的なことをしていればいい。実際に船に乗り、海外と直接取引する人間は別に頼むつもりだ。首都に身を置いて、商人ギルドに加わりたいという人間の対応をしてくれればいいのだ」

「それならなんとか……」

「それに、会社というものは携わるもの全員で盛り立てていくものだ。べつにおまえの肩にすべてがのるわけじゃない。ギルド長をおまえにするというだけで、俺もまだまだメイスン商会から手を引く気はない。必要なことは俺が教えてやる」

「でも」

「でもじゃない。腹を決めろ。おまえに足りないのは度胸だ」

デイモンにやり込められ、ジョンはすっかり小さくなっている。そんな夫に対し、妻のベティはあっさりとしている。

「まあなるようにしかならないわよ。あきらめなさいよ、ジョン。それより、問題はエマのほうでしょ。王太子妃になるなんて信じられないわ。大丈夫なのかしら」

「それは私も不安」

「大丈夫ですよ、義母上《ははうえ》。必要なことはこれから覚えてもらえればいいし、俺はエマの人に愛される性格が、王室を変えてくれると信じています」

貴公子然としたギルバートに微笑まれて、ベティは頬を染める。

そしてギルバートはエマに向きなおると、姫に誓う騎士のようにかしこまって、彼女の手を取った。

「エマもね。不安もたくさんあるかもしれないけれど、必ず守るから」

「うん」

「なんでも言葉にしよう。俺は王太子だということを明かせなくて、君を傷つけてしまった。もうあんなことはしたくない。喜びも悲しみもすべて言葉にして。そうしたら俺は君のためにできる限りのことをする」

一連の出来事があったからか、ギルバートのまなざしにはいたわりが感じられた。おかげで、エマの心にある不安の種が、小さくなっていく。

「それって、薬屋がお客様に思うことと一緒ね。すべての不安や不調を言葉にしてくれたら、それを取り除く手伝いができる。私たちがずっと大切にしてきたことよ」

「そうか。じゃあ俺は、君専属の薬になれるだろうか」

「もうなっているわ。どんな困難もあなたといれば乗り越えられる気がするもの」

気を抜くとすぐふたりの世界を構築してしまうエマとギルバートに、ベティは遠慮なく茶々を入れた。

「あーはいはい、そういうのはふたりきりのときにやってちょうだい」

そして、ベティは真顔になって、エマとギルバートに向きなおる。

「エマ、あなたが王太子妃になってもならなくても、私たちの仕事は変わらないの。薬をつくって必要な人に売るだけ。あなたはこれから王太子妃としていろんなことに直面するんだろうけど、王家のことは私たちにはわからないし、助けようがないわ。自分でがんばれる？」

「うん」

エマが神妙にうなずくのを確認した後、今度はギルバートに向かって言う。

「王太子殿下。あなたにお願いするしかないんです。エマは私とジョンの大切な娘です。この子が笑顔を失わないよう、どうかお力を尽くしてくださいませ」

最後はかしこまって、ベティは頭を下げた。

「義母上。もちろんです」

ギルバートはベティの手を取り、指の付け根にキスをした。誓いを立てる騎士のように。

「ちゃんと僕が見張っていてやるよ。泣かせたら頭をつついてやる」

窓の外からはバームが必死に叫んでいた。

ギルバートはバームに興味があるらしく、またも身を乗り出してワクワクした様子で聞いてきた。

「また鳴いてるな。エマ、なんて言ってるんだ？　バームは」

「……知らないほうがいいと思うわ。私」

エマは苦笑しつつ、バームに窓をつつかないようにと手振りで合図をした。


エマの王城での暮らしが再び始まる。

当座のエマの部屋は、二階のヴァレリアの部屋近くに決まった。

「エマ殿とうちの娘は親しい間柄らしい。ぜひ、友人として王妃教育に協力をさせていただきたい」とマクレガー侯爵が言いだしたのだ。

もともと、有力な妃候補であったヴァレリアには相応の教師が雇われている。一緒に学べば身につくのも早いし、教育が行き届いているヴァレリアは礼儀作法の相手役としては打ってつけだ。

「エマさん、カップの角度がおかしいわ」

「カップに角度なんて関係あるの？」

「殿方に口を見せないようにするのですわ。体を前のめりにするのではなく、カップをこう傾けるのです」

「ギルはそんなこと気にしなかったわ」

「王太子様の前ではいいですが、社交場に出たときは粗を見つけられます」

ヴァレリアはなかなかに厳しかった。作法の先生の授業が終わってくつろいでいる間もチェックを忘れない。

「……私、エマさんが馬鹿にされるなんて嫌です。あなたが思っているより、貴族の令嬢の間は粗の見つけ合いなんですのよ。なるべく隙を見せないように」

「わかったわ。ヴァレリア様。でも私、もともと平民だもの。失敗してあたり前じゃない？　ギルはそんな人たちは放っておけっていうわ」

「また王太子様は……。エマさん、いい？　男の人と女の人は性質が違います。もちろん王太子様のおっしゃることも一理あるけれど、私だって、エマさんを心配して言っているのよ」

「もちろんよ。感謝してます。ヴァレリア様」

「……だったらそろそろ。その〝様〟というのはやめてくださらない？　……私たち、お友達でしょう？」

ヴァレリアの顔が真っ赤になる。

「ヴァレリアさん……って呼んでもいいの」

「〝さん〟もいりません。あなたのほうが年上じゃありませんか」

拗ねたように、そっぽを向いたままぽつりと言う。

エマは今までヴァレリアに対して敬意を払っていたことを悪いとは思っていない。だけどその気遣いをヴァレリアは気にしていたのだと、そこで気がついた。

「だったら私も、エマって呼んでほしいわ。ヴァレリア」

ヴァレリアは頬を染めながらエマのほうを向き、恥ずかしそうにつぶやいた。

「……エマ。私たち、ずっとお友達でいましょうね」

殺人級にかわいらしい微笑みに、エマもつられて真っ赤になる。

令嬢教育は大変だけれど、ヴァレリアがいてくれたおかげで、エマの心はずいぶん救われたものだった。


一日の終わりは、エマが一番楽しみにしている時間だ。執務を終えたギルバートが、顔を見せてくれるのだ。

「ただいま、エマ。疲れたよ」

エマには、マクレガー侯爵家ゆかりの侍女・ニーナがつけられた。侍女は気を利かせ、ギルバートが来るとお湯を沸かしにすぐ部屋を出る。

「じゃあ疲労回復のお茶がいいわね。ちょっと待ってて」

「疲れが取れる甘いのが欲しい」

「砂糖を入れる？」

茶葉を選んでいたエマは、ぐいと顎を掴まれギルバートに会話ごと唇を奪われる。

「ん」

「砂糖はいらない。……君が一番甘いからね」

「もうっ。すぐにニーナが戻ってくるわ」

「べつに見られても問題ないだろ。君は俺の婚約者だよ、エマ」

国王にふたりの結婚を認めさせてからというもの、ギルバートは、人前でも気にせずエマにべったりだ。

「あのう……」

「きゃあ、ニーナ！」

「お湯、ここに置きますわ。ポットはのちほど取りにまいりますから置いておいてくださいませ」

「ニーナ、ちが……」

「気を使わせて悪いな、ニーナ」

「もうっ、ギルっ」

ぷんすかと膨れるエマとギルバートがじゃれているうちに、侍女は続き間へと下がってしまう。

「仲よくやっているようじゃないか。ニーナとは」

「ヴァレリアが選んでくれたの。住み込みで働いていたお母様とともに昔から侯爵家に住んでいて目端がきくから、上流階級のことがわからない私にはちょうどいいはずって」

「ヴァレリア殿ともすっかり仲良しなんだな」

「ええ。ヴァレリアがいてくれて、私、とても助かっているの」

エマは話しながら、ハーブティーを入れる。

今は薬屋をやめ、王太子殿下の婚約者として勉強にいそしむエマだが、ギルバートが彼女の息抜きのためにと、部屋に小さな作業場をつくってくれたおかげで、今もハーブがそばにある生活をしている。

ギルバートが毎日エマのお茶を飲むために部屋に通っているのを知って、興味を抱いた弟王子や王妃も飲みたがった。そこからどんどん噂が広がり、今では、お茶だけでなくちょっとした薬も頼まれるようになったのだ。

「うまい。エマのお茶を飲んでると安らぐよ」

「よかった。今日のお茶には、前向きになるハーブも入っているのよ」

「そうか。……ところで君に相談なんだが」

ソファに座っていたギルバートは急にかしこまると、自分の隣の席を軽くたたいてエマに座るよう促した。エマは素直に彼の隣に収まり、その整った顔を見上げる。

「シャーリーン殿とキンバリー伯爵が領地に戻るそうだ」

「そう」

あの後、シャーリーンとキンバリー伯爵は城下町の屋敷に謹慎させられていた。本来、王太子に薬を盛ることは犯罪で、投獄されてもやむを得ない状況だったが、それを止めたのはエマだ。

薬のことを内緒にする、来年の社交期までは自領で父親ともども自粛する、というふたつの条件をのむ代わりに無罪放免とすることにしたのだ。

「君に謝罪したいと言っている。会いたくないなら断ることも可能だ。どうする？」

「謝罪……？」

シャーリーンが反省しているようには見えなかった。以前の謝罪も父親である伯爵から強制させられしぶしぶといった様子で、エマはかなり辟易したものだったが。

「今さらなにを……という感じだけど」

「だよな。俺もそう思う。ただ、罪をとがめないと言った以上は断る理由もない」

「会うわ。王太子様は寛大なほうがいいわよ」

「では俺も同席しよう。明日の午後だ。場所は二階の応接間。衛兵たちも控えさせる」

「そこまでしなくても大丈夫よ。それに、シャーリーン様に渡したいものもあるから」

「渡したいもの？」

「ええ。今から薬をつくってもいいかしら」

「……いったいなにをする気なんだ？」

エマの耳打ちに、ギルバートはあきれたようにため息をつく。

「やれやれ、君は人がよすぎるよ。シャーリーンが傷つくのは自業自得じゃないか」

「あの方があなたを好きだったのは本当よ。泣いていたの。薬を悪用されたのは許せないけれど、私、彼女の気持ちはわかるわ。それに」

「それに？」

問いかけに、エマは思いきりいい笑顔を見せた。

「薬は人を救うもの。シャーリーン様にもそれを知っていてほしいのよ」

翌日のシャーリーンとの面会には、なぜかヴァレリアも参加していた。ヴァレリア曰く、「エマにひどいことをしたとき、証人にならなくちゃ」とのことだ。

やがてシャーリーンが入ってくる。ヴァレリアの姿を見て軽く眉をひそめたものの、無言のままギルバートに一礼し、続いてエマの前に立つ。

「エマ様、数々の無礼をお許しくださいませ」

殊勝に頭を下げたシャーリーンは、挑むようなまなざしをエマに向けた

「ご安心くださいませ。邪魔者は去りますわ。せいぜい怪しげな薬をつくって、王太子様の寵愛《ちょうあい》を失わないようお励みくださいませ」

「シャーリーン殿！」

不敬を叱責しようとしたギルバートを押さえるようにして、エマがすっと前に出た。

「シャーリーン様。これを」

エマが差し出したのはクルミの殻に入った塗り薬だ。

「練り香水です。心を元気にする作用のあるハーブから抽出したオイルを練り込んでありますす。毎日、両耳もとに少しだけお塗りください。これが使い終わる頃、苦しい心持ちがきっと解消されますわ」

「はあっ？」

「失恋はつらいものです。けれど、必ず糧にはなります。あなたが心を癒す時間を少しでも彩れるように」

エマは昨晩、ほとんど寝ずにこれをつくった。シャーリーンのことは好きではないが、時折見せたギルバートへの真剣な思いは、エマの記憶にちゃんと残っている。

見る見るうちに、シャーリーンの目に涙が湧き上がってくる。

「……なによ。本当に嫌な女ね。こんなもの渡して、勝ったつもり？」

「そうかもしれません。だって、シャーリーン様ってば態度が悪いんですもの」

エマもはっきり言ってやる。王太子妃になったら、こんなことはしょっちゅうあるはずだ。負けてなどいられない。

シャーリーンは言い返してきたエマに驚いたように目をぱちくりとした後、香水を奪い取るように手に取り、蓋を開けて香りを嗅いだ。鼻から抜けていく甘い香りに、シャーリーンの瞳から頬を伝って涙が落ちる。

「……うっ」

「シャーリー……」

名前を呼び終わる前に、エマは彼女に抱きしめられた。

「悔しい。……こんな平民の娘に負けるなんて」

ここまできてもこの発言だ。もはやこの意地っ張り加減がかわいらしいとさえ思ってしまい、エマは彼女の背中を優しくさする。

「そうですね。ですから幸せになっていただかないと。私を見返せないでしょう？」

「……もうっ、嫌になるわ」

泣き崩れたシャーリーンを、エマは苦笑しながらも、泣きやむまで抱きしめ続けた。

その間、ギルバートとヴァレリアはあきれたように目配せをする。

「やれやれ」

「エマは、嫌われない王妃になりますわね、きっと」

「それはいいけれど。こう人気者になられると、こっちがやきもちを焼いてしまうよ」

苦笑するギルバートに、ヴァレリアは思わず笑ってしまった。

エピローグ

　その日、ギールランドの首都ロンザは、晴れ渡っていた。

　大聖堂の鐘が鳴り、祝福の声が響き渡る。エマにしか聞こえない、マグパイの皮肉交じりの祝福も。

「あいつはまったくわかっていない。エマには黄色が似合うんだ。そりゃ、白だって似合うけど。……ああでも、あの光りものはいいな。うん」

　エマは、この日のために作られた純白のウエディングドレスを身にまとい、薔薇をあしらった髪飾りをつけている。バームの目に魅力的に映っているのは、首もとを彩る豪奢なネックレスだ。結婚の祝いにと、キンバリー伯爵家から贈られたもので、選んだのはシャーリーンだという。

『あなたのセンスでは不安ですから、私が選んで差し上げたわ』というひねくれた祝いの言葉が添えられていて、相変わらずだわ、とエマは楽しくなってしまった。

　今、ギルバートとエマは教会での誓いを終え、大聖堂を出たところだ。これから王城に戻り、祝いの晩餐会が開かれる。

そちらには作法がわからないからとエマの両親は遠慮し、デイモンとクラリスが代理と称して参加する予定になっている。

結婚式の祝賀ムードを味わおうと集まった国民たちが囲む通りを、幌のない馬車に乗ったギルバートとエマが手を振りながら進んでいく。

エマも知った顔がちらほらとある。王太子妃となる〝エマ様〟が薬屋のエマと同一人物だと、それまで信じていなかった人もいたようだ。その証拠に、笑顔の中に驚きの表情を見せる人が何人もいた。

(あたり前よね。私も、今でもたまに夢なんじゃないかなって思う)

肌に馴染むやわらかさと光沢をあわせ持つ絹のドレス。これが自分の身を包んでいることが信じられない。不安になって隣を見上げると、民衆に手を振っていたはずのギルバートが視線を感じたのか、エマのほうを向いて笑った。

「どうした? 疲れたかい」

「ううん。こんなに人が集まってくれるなんてすごいなって思って」

「祝福してくれてるんだよ。よく目に焼きつけておいて。国民が俺たちを歓迎するのは、俺たちが国民の生活を守る国主であるうちだけだ。俺たちはこの声援に応えるような国をつくっていかなきゃいけない」

「そうね」

普段はやんちゃな面を見せることが多いが、こうして話すとギルバートはきちんと国民のことを考えている。民を愛おしげに見つめる王太子としての横顔に、エマはドキリとした。

（やっぱり、ギルは王太子様なんだなぁ。隣に立つのが私で、本当にいいのかしら）

不安に思った矢先に、人からは見えない位置でそっと手を握られる。

「君は民の目線から、俺の考えにおかしなところがあれば教えてほしいんだ」

軽くウインクされ、エマの顔に笑みが戻る。

（そうだ。がんばろう。私は、彼を支える存在でいたいんだもの）

ギルバートが再び馬車の外に目を向ける。エマも倣うように自分たちに笑顔を向けて手を振る民衆に手を振り返した。不思議と、民衆にまで愛情が湧いてくる。ギルバートの愛するすべてのものを一緒に守っていくのだと思えた。


城に着いたエマは、リアンに誘導され控室に連れていかれる。そこには晩餐会用の着替えが用意されていて、エマはすぐに数名の侍女に囲まれ、着替えをさせられた。

ひと通り準備が終わると、ギルバートが入ってくる。

「着替えは終わったかい？」

「ええ。お待たせいたしました」

ギルバートは、黄色のカラードレスをまとったエマに見とれ、ため息を吐き出した。

「エマ……綺麗だよ。その色も似合う」

晩餐会用のドレスは、エマが選んだ。ウエディングドレスを作っている最中から文句を言っていたバームの希望を聞いた形だ。大切な相棒であるバームの意見は、簡単には無視できない。

ギルバートはエマの腰に手を回し、耳もとに軽くキスをする。

「今すぐ君を独り占めしたいくらいだ。ああ、晩餐会があることが恨めしいよ」

「そんなこと言わないで。他国からの使者もご臨席いただいているし、メイスン商会にとっては顔を売るチャンスにもなるわ」

国王からの承認を経て、商人ギルドが立ち上げられてから一年に満たないが、貿易額はうなぎ上りだ。もともと商売っ気の強いデイモンは今日の結婚式も商機と見て張りきっている。

「今日は初夜だよ？　俺がどれだけこの日を楽しみにしていたか。半日は寝室から出るつもりないのに」

結婚前に懐妊して、あしざまに言われるのはエマだ。それを思い、ギルバートはこの一年、キスだけで耐えてきたのだ。それまで草食系だった彼は、ことエマに関しては欲望ばかりが膨らんでいく。誓いを破りそうになったことは一度や二度ではない。

案外と遠慮のないリオンが細かに邪魔に入らなければ、流されてしまいそうな夜も実際にはあったのだ。

「そうは言ってもお役目ですからね。さあ、さっさと準備なさってください」

「リアン」

ふたりの間に割って入ってきたリアンは、ギルバートを軽くあしらうと、エマには優しく微笑んだ。

「エマ様。お疲れでしょうがこれも王家のためです。よろしくお願いします」

「どうしておまえはエマには愛想がいいんだ」

「奥方様は王家のことをよく知らないのです。丁寧に教えて差し上げるのは当然のことでしょう。それに今日のためにエマ様には栄養剤をつくっていただきましたしね」

リアンに胸を張られ、ギルバートは不満を隠せない。エマが人に好かれるのは喜ばしいことだが、その相手が男となるとおもしろくはない。

「ああもう、わかった。わかった。夜が更けるまでは務めにまい進するよ」

「聞き分けがよくて助かります。さあ、扉を開けますよ」

ギルバートが促すように左手を差し出し、エマが右手をのせる。

リアンがおもむろに扉を開き、エマは歓声で沸き立つ大広間へと入っていった。

国王夫妻、デイモン夫妻、ヴァレリアとセオドア。見知った顔に笑いかけつつ、参列者へのお礼を述べるギルバート。

ただ恋をしただけなのに、エマの世界は一変した。それを望んでいたわけではないし、今も場違いな存在だと自分のことを思う。けれど、この一年をかけてエマは少しずつ自信をつけていった。ずっとギルバートの隣に立つために。


「エマ、少しテラスに出よう」

ギルバートに誘われたのは、宴も終盤になってからだ。

すでに賓客は国王夫妻とともに別室に移り、それぞれ与えられた客間へと下がっていった。今残っているのは、宴会好きの貴族たちが主である。

「疲れただろう。なにか飲むかい？」

「もういいわ。おなかがタポタポよ」

テラスには先客がいたが、ふたりがやって来るのを見て、気を利かせて中に戻っていく。ギルバートはエマの腰を抱いたまま、中の光が届きにくい奥まで連れていった。

「なんだかあっという間だったな。式典のときなんて噛まずに言うのに必死だったよ」

「長い文言だったわよね。私、覚えるの大変だったわ」

「まったくだ。こういうところが面倒なんだよな」

夜空には星がきらめいている、ギルバートはそれを見上げながら、テラスの桟に体を預けた。

「……エマ、俺はね、君と出会う前は毎日が退屈であきらめに満ちていたんだ」

「あきらめ？」

「ああ。王太子として生まれたからには、国のために、国民のために生きなければならない。自分の意思は置き去りにして……とね。だけど君に出会って。本当に欲しいものができて、そのために戦うことを知った。君は素晴らしい薬師だよ。俺を、心ごと救ってくれた」

「……ギル」

「そんな君が、俺の妻になってくれるんだ。俺はどんな努力でもする。国を栄えさせ、君を幸せにする。だから君は、ずっと俺のそばで俺を支える薬であってほしい」

夜の中にあっても、ギルバートの瞳は青天の空のようにきらめいている。彼に見つめられている間、暗闇に落ちることはないのだとエマは思った。

「もちろん誓います。あなたとともに生きていく」

見つめ合うふたりの唇が重なる。彼とのキスは、毎回エマの胸をとろけさせる。

待ちに待った結婚の日ということもあり、ギルバートはなかなか唇を離してくれない。唇を舌でなぞられて、エマの体に熱がこもってくる。彼に体をもたせかけたそのとき、ガサガサという騒音とともに、一羽のマグパイが木の上から飛んできた。

少しふらふらとしながら、エマの近くの桟に止まる。

「バーム？　どうしたの？　夜なのに」

バームは生活時間が規則正しい。夜は巣に戻って寝ていることが多いので、エマはこの時間にバームが現れたことに驚きを隠せない。

「もう眠い。……でも僕のエマを見ていなきゃ」

「結婚式のときも見ててくれたじゃない。そんなに心配しなくても大丈夫よ。それに、こんな夜に飛んで、バームが怪我をしたら悲しいわ」

「怪我なんてしない。エマ……そのドレス、よく似合ってるよ。こんな男にやるなんてもったいない……」

バームはすっかり疲れきっていたのか話しながら眠りについてしまった。

「もう、バームったら。……ギル、部屋に連れていってもいい？」

「ああ。だがそのままでは騒ぎになるな。俺の上着をかけて見えないようにするか」

エマがバームを抱き上げ、その上からギルバートが脱いだ上着をかけて隠し、まだ残っている祝宴の場の貴族たちにそそくさと退出の挨拶をして、ふたりは新しく用意された夫婦用の寝室へと向かった。

「今日はもういい。下がっていてくれ」

エマの支度を整えようと待っていた侍女を、ギルバートが自室へと戻し、ふたりきりになったところで、ようやくバームの上から上着をはずす。バームは深い眠りに入っているのか、目覚める気配はまったくなかった。

昼間もずっと飛び回っていたことを思い出し、エマの顔に自然に笑みが浮かんだ。

「ありがとうね、バーム」

バームのためにソファに毛布を敷き、やわらかな寝床をつくってやる。

朝までぐっすり眠ってくれるだろう、とそっとその場を離れた途端に、ギルバートにうしろから抱きしめられた。

「きゃ」

「もう待ちきれないよ」

「ギル、でもあの。やっぱり、……するの？」

今日は初夜だ。お互い、この日まではと我慢していたのだから、心の準備はもちろんしていたけれど、予想外にバームがここで寝ることになったので、エマとしては戸惑いが隠せない。

「バームが気になるなら、ここじゃなくて続き間に寝かせよう」

「ダメよ。バームがほかの人に見つかったら困るもの」

「だったら起こさないように。こっちにおいで」

ソファには背もたれがあるので、ベッドまで来てしまえばバームの姿は見えない。

ギルバートはエマの頭から髪飾りをはずし、ひとつひとつをベッドサイドのテーブルに置いていく。そして解けた髪をひと筋掴むと、愛おしそうに唇を寄せた。

そのしぐさに、目線に、エマの心臓はいちいち反応してしまう。余裕のない口づけに彼の情熱を感じて、胸の高鳴りが抑えられない。

「ギル、私、お化粧……」

落としていない、と続けたかったけれど、腰のリボンを緩められたところで、言い返す気持ちはなくなっていた。

エマだって待っていたのは同じだったから。

「全部あとで」

「……うん」

下着姿でベッドに横たえられたエマは、緊張で体をこわばらせた。ギルバートは彼女の顔のわきに手をついて、神妙な顔で見下ろしてくる。頬にキスをされて、エマがくすぐったそうに身をよじると、彼は小さく笑いだした。

「ごめん、緊張しすぎて笑ってしまった」

「ギルも緊張するの？」

「あたり前だろ？　……大好きな君をついに自分のものにするんだから」

ギルバートも同じなんだと思ったら、エマの体から力が抜けた。

ギルバートは吹っきれたように、甘く深い口づけを、繰り返しエマに落としていく。

彼の大きな手が触れる感触、切なげにゆがめられる彼の瞳、徐々に荒くなり交じり合う呼吸。

全部覚えていようとエマは思った。

ギルバートのこの顔は、一生エマしか知ることはない。彼がエマを妻として望んでくれた証だ。

「エマ。……愛してる。今日という日をどれだけ待ったことか」

「私もよ。ギル。私、誓うわ。あなたにとっていつだって最良の薬であることを」

「俺もだ」

エマは目を閉じて願う。恋という名のこの薬が、いつまでもふたりの間にあり続けることを。

ふたりの甘い声と吐息が、密やかに部屋中に広がる。長い夜が始まろうとしていた。

――やがてくる朝は、一羽のマグパイの、嫉妬にも似た叫びとともに始まる。

それから先は、また別のお話。

FIN

番外編　王太子妃の秘密の護衛官～マグパイ、バームのひとりごと～

王城ってのは無駄に警備兵の多いところだ、と思う。

上空を旋回しながら、セオドアが新人に説教しているのを聞いてると、どうも王城内の警備は騎士団ではなく、近衛兵団ってところが担当しているらしい。騎士団は、国王が他領地へ視察に向かうときの警護、他国の襲撃からの対応、国内の災害に関する救出対応など、外向きの仕事が主なんだそうだ。

つまり近衛兵団のほうが危険は少ない。だからその衛兵に志願する貴族の坊ちゃんは、そもそもが甘ちゃんなわけで。野生の厳しい生活をかいくぐってきた僕から見れば、目のつけどころは悪いし、すぐあきらめるし、楽観的だし。とにかく、すべてにおいて対応が甘いのだ。

当初、エマの居場所がよく見えるようにと木の低い位置につくった巣は、気づいて取り払ったみたいだけど、さらに上の奥のほうにつくったら、まったく気づきやしない。まったく、この警備、穴だらけだよなって思うんだ。

これまではそれでもよかったけど、エマが王太子妃になった今、話は別だ。

身分が上がったことで、エマには危険がつきものになった。だからこそ僕は今まで以上に城の周りをうろうろしているというのに、こいつらは僕のことを追い払おうとするんだから気に入らない。そもそも、安心してエマの警護を任せられるくらいおまえたちが有能なら、僕がこんなに出しゃばらなくてもいいんだからな。

僕は王城敷地内の一番高い木の中ほどに止まる。

ここは、エマの私室が一番よく見える場所だ。そして今、部屋の中には、エマとギルバートが一緒にいる。

気に入らないと言えばギルバートもだ。僕のエマにデレデレしやがって。昼間っから入り浸るなよな。

そう思いつつ、文句を言いに行かないのは、エマが心の底からうれしそうだからだ。

エマはみんなからいつも笑顔の優しい娘だと思われている。間違いじゃない。たしかにそういう側面もあるだろう。

だけど、笑顔にも種類がある。エマがあんなふうに笑うのは、実はそこまで多くないと僕は思うのだ。

僕とエマの出会いは、今から十年ほど遡る。

ここより北の、ノーベリー領の端にある屋敷で、ふたりの小さな魔女が遊んでいるのを僕はよく見ていた。名前はエマとジュリア。ほかに子供がいないから、いつもふたりだけで遊んでいた。

ふたりは仲がよかったけれど、子供なんだから喧嘩だってする。年齢の違う者同士が一緒にいたら、通常は年が上のものが我慢させられるのだろう。ジュリアが親に泣きついて、エマはいつもひとり外に出て、歯を食いしばって涙をこらえていた。

そんな姿を何度も見ていたから、ある日、僕は近寄ってみたんだ。

〝なぁ、泣くなよ〟

まだ使い魔契約をしていないときで、エマは僕の言葉を理解はしていなかったと思う。彼女は僕を見て、〝ぽかん〟という言葉があてはまるようなほうけた顔をした。

そして思い立ったように、ぎこちない笑顔を向け、声まねをしてきた。

「く、くるっくる……」

僕は笑ってしまった。目の周りを赤くして、必死にする下手くそな声まね。そんなんで、コミュニケーションが取れると本気で思ったのかよ。

おかしかったしあきれもした。でもなにより、愛おしいと思った。

僕の言葉で寄り添おうとするのか。通じないのに。

泣きたいくせに笑うのは、僕がそばに来たから？

自分のこと、優先すればいいだろうに。きっとなにも考えずに相手を優先する癖がついてしまっているんだろう。

いじらしくてかわいくて。初めて感じる庇護欲に、いても立ってもいられなくなった。

「クワッ」

僕が守ってやるよ。ずっと本気で笑っていられるように。

その気持ちは、エマに通じたんだろう。彼女は自ら望んで僕と使い魔の契約をした。

話が通じるようになって、エマも前から僕が見ていることに気づいていたと教えてくれた。なんだ、僕たち、相思相愛だったんじゃないか。

「あなた、名前は？」

「とくにないよ。マグパイ同士は、おい、とかそこの、って呼び合ってる」

「それは名前じゃないわ。じゃあ私が名前をつけてあげる」

妙に得意になって、胸をそらして。そのしぐさがまたかわいい。

小さいくせにお姉さんぶるのは、実際エマがジュリアの姉だからなんだろうけど、

僕にはそれもおかしかった。

「じゃあ、あなたはバーム。レモンバームのバームよ」

エマはレモンバームについてそこから延々と語りだしたが、僕にはそれはどうでもよかった。エマがくれた僕だけの名前。それだけで特別だから、理由なんていらない。

「ねぇバーム聞いてよ」

名前を呼ばれるというのはこんなに気分のいいものだったのか。彼女が僕の名前を呼ぶと、金ぴかのお宝を見つけたときよりワクワクした。

城下町に引っ越すと言われたときも、すぐに快諾した。仲間と離れるのが寂しいとは思わなかった。だって僕は、エマとともにいるために生まれてきたんだって思っていたから。


正直、僕はエマが王城で暮らすのは気に食わない。

衛兵は、僕を見るとすぐ追い払おうとするし、エマと一緒の部屋にいるのがバレると、侍女が奇声をあげる。

僕ら、ずっと一緒だったんだぜ？　結婚したからって離れられるような関係じゃないんだ。そこらへん、ちゃんと理解してくれないと困るんだよな。

加えて気に入らないのが、ギルバートが僕を懐かせようとしてくるところだ。

今も、僕に気づいて、窓を開けて手を伸ばしてくる。

「バーム。こっちだこっち」

「クルックルッ」

なんだよ。僕はエマの使い魔なんだからな。おまえの指図は受けないぞ。

「うーん。言葉が通じてないのかなぁ。でもエマ以外の人間の声も聞こえてはいるんだろう?」

不満そうに唇を尖らせるギルバートに、エマが笑いかける。

「バームは人間の言葉を理解してるわ。でもバームの声を聞けるのは私だけよ」

そうだ。僕とエマは特別なんだぞ。おまえの入る余地なんてないんだからな。

「鷹匠ともまた違うんだろ? 会話が通じるなんてうらやましい。俺にもそんな相手がいればいいのに」

新しい玩具に寄りつく子供のように、ギルバートは僕を手なずけようとする。

ふん。マグパイにだってプライドがあるんだよ。自分が認めたやつの言うことしか聞かないに決まっているだろう。

ひとしきりギルバートの言葉を無視していたら、やつもあきらめたらしい。葉ずれの音に紛れて、エマに向けられた声が聞こえてくる。

「そうだ、エマ。貿易船に乗ってきた吟遊詩人の評判を受けて、父上が今度彼らを招いての夜会を開くそうだ。君にも出席してほしい」

「吟遊詩人？　そういえば以前、城下町の店に来たことがあるわ」

僕も、城下町で彼らが興行しているのを見たことがある。

「ああ。国内の様々な場所で興行していて、大評判らしいよ。英雄譚を歌う者たちなんだって」

「じゃあ異国のお話が聞けるのね？　楽しみだわ！」

「それで、ドレスを新調しようと母上が言っていたよ。エマも採寸に来てほしいって」

「もったいないわ。もう何着ドレスを作ってもらったか数えきれないほどなのに」

「だが、舞踏会にするようだから、軽いドレスのほうがいいし、賓客というわけでもないから、今までのものより細身でシンプルなもののほうがいいだろう」

「そういうものなの？　わかったわ。じゃあ王妃様のところにおうかがいするわね」

細部にまで装飾の施されたドレス、専門の髪結いが結い上げる髪形。エマを飾るものは以前と比べて格段に高価できらびやかなものへと変わった。それだけじゃなく、エマ自身が恋を知って変わった。ただ優しく相手に安心感を与えるだけだった微笑みは、今は男の胸をときめかすくらいに内に色気を秘めている。

それは僕にはあげられなくて、あいつには与えられたもの。

エマはギルバートに連れられて部屋を出ていってしまった。そうなるとここにいる意味もない。僕は再び飛び立ち、自分のえさを探しに近くの森のほうまで飛んだ。


ある日のこと。パトロールしていた僕は、城で働く人間たちの慌ただしさを不思議に思ってエマの部屋まで飛んだ。そのとき、エマは薬づくりに夢中になっていた。

「エマ、なにつくっているんだ？」

「きゃっ、びっくりした、バームか。……栄養剤よ。今日は夜会があるから、皆さん準備で大変そうだし」

「今日だったか。しかし、人間ってのは昼も夜も動くのが好きだねぇ」

とくにこの国の王様は大好きだ。なにかがあるとすぐに夜会って言いやがる。

鳥の種類にもよると思うけど、僕は夜、巣でおとなしくするタイプの鳥だ。視界が悪い中飛びまくってもろくなことはない。だから、夜会は本当に苦手なんだけど、エマが出るというなら見張っていてやらなきゃ。

「ところで、最近あいつを見ないな。ええと、セオドア」

「ああ、第二分隊は今遠征に出ているのよ。北の山でがけ崩れ跡が見つかったから調査に行くんですって」

「ふうん。そんな仕事もするのか。ご苦労だな。そういや、騎士団に見かけないやつが入ったな」

「あら？　そうなの？」

「新参なのかな。騎士団員の服は着てたぞ」

「第二分隊がいないぶん、第一分隊に人が補充されているのかしら」

エマはできあがった薬の小瓶を作業台に並べていく。胸もとのブローチが動きに合わせてキラキラと光った。

僕は、キラキラしたものが大好きだ。ガラスの欠片《かけら》や、釘なんかもいいんだけど、最近エマがつけているブローチやネックレスは、最高に綺麗で素敵だと思う。

「……もしかしてこれが気になってる？　あげようか」

エマは目ざとく僕の視線に気づき、ブローチを指さした。でも僕は首を振った。

キラキラはエマに似合う。僕のかわいいエマが、キラキラでますます綺麗になるのは僕にとってもうれしいことだ。

「いいよ。これはエマに似合ってる」

「そう？　勲章みたいでいいかと思ったんだけど」

勲章か。たしかにあれはいいよな。

近衛兵や騎士団員には階級に応じた勲章が与えられる。正装のときにしかつけないが、セオドアが第二階級の勲章をつけていたときは、うらやましく思ったものだ。

「僕は鳥だから。勲章なんて似合わないよ」

「そうかしら」

「そろそろ行く。じゃあな」

僕は飛び立つと巣へと戻った。夜会があるのなら、今のうちに体を休めておかないといけない。

夜になり、衛兵だけでは足りないのか、第一分隊の騎士団員たちが庭の警備に駆り出されている。楽団が奏でる音楽が、城全体に響き渡っていた。

大広間に一番近い木の上で、僕はうとうとする自分を叱咤しつつ、明かりの漏れるテラスを眺めていた。

ワルツの音楽が夜空に響き、ガラスが多用された扉からは揺れる女性のドレスの裾が見える。

エマもギルバートと踊っているのだろう。ダンスに関しては相当苦手のようで、ギルバート以外とは踊らないと断言していたけれど。

そう思いながら見ていたら、中から扉が開いて、ギルバートがエマを連れてやって来た。

広いテラスはいつもなら多くの人が中と行ったり来たりするのだが、今日はみんな中にばかりいて、出てきたのはエマたちが最初だ。

「ふう、疲れたわ」

「ずいぶん上手になったよ、エマ。ステップも間違わなかったじゃないか」

「でもあなたの足を踏んだわ。三度もよ」

「大丈夫、誰にもバレてないよ」

片目をつぶってみせたギルバートは、エマの肩をなれなれしく抱いて、キスしようと顔を近づけた。

そうはさせるか。

「クロッコロッ」

「バーム！」

「うわあ、びっくりさせるなよ、バームか」

僕が手すりのところまで降りていくと、エマはうれしそうに目を細める。

「バーム。今日は吟遊詩人がふたり来ているのよ。おもしろい話をたくさん聞いたわ。あなたにも聞かせたかった」

「あとでエマが教えてくれればいいだろ」

「それもそうね」

エマの息がアルコールくさい。それに、頬のあたりがほんのり赤い。

「おまえ、エマに飲ませたな？」

ギルバートに呼びかけてみるも、話が通じない。僕は怒っているのに、ギルバートはうれしそうに身を乗り出してくる。

「お、俺に話しかけてる。なんだ？　バーム。おまえも混ざりたいのかい？　俺もおまえと仲よくなりたいよ。なんていったってエマの兄貴分なんだろ？」

ああそうだよ。おまえなんかよりずっと、エマのことを知ってるんだからな！

今日のエマは、パールピンクの細身のドレスだ。汗のせいでうなじに張りついた後《おく》れ毛がいっそう色っぽく、僕としたことがほんの少しドキリとしてしまう。

ギルバートも、エマの耳たぶを触ったり、髪を梳《と》いてみたりと無駄にスキンシップが多い。人けのないところでエマといちゃつきたかったんだろうが、あいにくだったな、僕というお目付け役がいることを忘れるなよ。

と、扉が開き、リアンが顔を出した。

「ギルバート様、こんなところに。吟遊詩人のアンジェロ様がぜひお話ししたいと」

「俺に？　わかった。すぐ行く。……なんだろうな。エマも一緒に行くかい？」

「私はもう少しここにいるわ。風が冷たくて気持ちいいもの」

「だが、ここは一階だし、警備がいるとはいえ危険がないとは言えない。それに、ほかの男が休憩に出てくるかもしれないし……」

「大丈夫よ。ひとりじゃないもの」

さらりと言ったエマに、ギルバートは一瞬変な顔をした。が、僕がふわりとエマの肩にのると、ようやく僕の存在を思い出したように「ああ！」とうなずいた。

「そうだな。バーム、エマを頼んだぞ。話が終わったらすぐに戻ってくるから」

「ええ。いってらっしゃい」

ギルバートは気に入らないけれど、素直に僕を信用するところは、嫌いじゃない。

ギルバートが中に消えていくと、エマは欄干によりかかるようにしながら、鼻歌を口ずさむ。ご機嫌だな、今日は。

「不思議ねぇ。バーム。ただの薬屋だった私が、こんなドレスを着て踊るようになるなんて」

「ダンスねぇ、できるのか？」

「下手だけど、体を動かすのは楽しいわ。バームもやってみる？　こうするの。ワン、ツー、タタタン！」

エマが体をひねりながら足を小刻みに動かす。手を伸ばし、踊りに誘うポーズだ。

どうやら、見た目以上に酔っているみたいだ。

仕方なく、僕は彼女に付き合うことにする。ふわりと宙を舞い、エマの肩のあたりから左手のほうに向かって一気に飛ぶ。それに合わせてエマは体をターンさせた。

「ふふっ」

酔っ払ったエマは、本当に楽しそうで、かわいい。

中から微かに聞こえてくる音楽に乗って、僕とエマのふたりだけの舞踏会。

うん。悪くない。いや、かなりいいぞ、これ。

やがてエマは僕を腕にのせたまま欄干によりかかった。

「……バームと話せるから、ちゃんと今まで通りの私」

「え？」

「私……、毎日毎日、これは夢なんじゃないかって思っちゃうの。だって王太子妃よ？　毎日人に囲まれて、貴族の奥方とのお茶会を主催したり。……嘘みたいな生活をしてるんだもの。時々別人になったんじゃないかって思っちゃう。でも、バームと話すことで、安心するの。ああ私は、ちゃんとエマだって」

「エマ」

「バームがいてくれて、……本当にうれしい。ありがとう。大好きよ、バーム」

なんだよ。そういう、しんみりしたこと言うのやめろよな。僕はこれからもずっとエマから離れる気なんてないんだから。

でも、そのとき不意に気づいた。

僕はエマの最期を看取るほど、長くは生きられないってこと。僕は、すでに十六年くらい生きている。仲間の鳥を見ていても、せいぜい生きれるのはあと十年くらいだ。僕がいる間は、なにがあってもこの笑顔を守ってみせる。だけど僕が死んだら？　うぬぼれるわけじゃないけど、エマは僕が死んだら必ず泣く。そこから立ちなおって、ずっとエマが笑っていられるためには、いったいどうすればいいんだ？

考えに沈んだ僕に、エマが不思議そうに問いかける。

「どうしたの？　疲れた？」

いや……と答えようとしたとき、急に大広間への扉が開いた。

ギルバートが戻ってきたのかと思えば違う。現れた男に見覚えはない。たれ目で、くすんだ金髪の、整った顔の男だ。手には小さなハープのような楽器を持っている。

エマはすぐに気を取りなおしたように背筋を伸ばし彼に向かって笑いかける。

「あなたは、……ええと、フィリッポ様ですね」

「王太子妃様。名前を覚えていただけるとは光栄です。こんな寂しいところでどうなさいました?」

フィリッポは恭《うやうや》しい態度でエマのもとへと近づいてくる。

「少し酔ってしまったので、休憩していたんです」

まさかマグパイと踊っていたとは言えないのだろう、エマはぎこちなく笑ってごまかした。

僕はエマから離れ、少し離れた木の枝に止まった。するとフィリッポは不思議そうに眉をひそめる。

「なにか動きましたね。しかしこんな夜に……?」

「フクロウがいるのかもしれませんね」

「フクロウがこんな人里に来ますかね。まあいい、せっかくお美しい王太子妃様といるのに、こんな話は野暮です。……お隣、よろしいですか?」

エマが身を固くした。いくら市井《しせい》上がりの王太子妃とはいえ、突然なれなれしくされるのはおかしい。僕もなにかあれば飛びかかっていけるように警戒を強めた。

フィリッポは気を取りなおしたようにハープを構え、たれ目を緩ませて笑う。

「一曲お聞かせしましょうか。僕が探し続けているものの歌です」

男の細い指が、驚くほど細かく動く。だが、綺麗な旋律に、一音だけ調子はずれな音が混じり、神経を不快に乱していく。

「かの人はその指から幾つもの奇跡をつくり出す。人を救い、人を守り、まじないに願いをのせ、悪を滅ぼす。すべては彼女の思う通り。魔女の力、侮るべからず」

男が歌ったこの歌詞にエマはびくりと体を揺らした。

その反応を見て、男は笑って弦を弾く。胸をざわつかせる和音が響いた。

「知ってますか？　我々吟遊詩人の間で、まことしやかに歌い続けられている魔女の歌です。僕らはこの国に来るのが夢だったんです。なにせ、かつて魔女狩りまで起こった国だ。それに、この国から輸入されている薬は、効き目から見ても、常人がつくるものではない。必ずいると思って来たんですよ。魔女の末裔《まつえい》が」

「……魔女」

「先ほど、マグパイと話していましたね。……あなたは魔女なのではありませんか？」

やばい、と思い、僕はエマと男の間に勢いよく飛んだ。

「うわっ」

男はおののき、一周旋回してエマの肩に止まった僕を見て、「やはり」とうれしそうに笑った。

「ああ、警戒なさらなくても大丈夫ですよ。我々は仲間です」

「仲間?」

「ええ。百二十年前にあった魔女狩りはご存知でしょう? あのとき、海外に逃れた魔女もいたのですよ。我々は魔女の末裔を探しているんです。魔女にとっての楽園をつくる。それが、我がイデリア国に逃れた魔女の遺言でしたから」

「我々?」

「ええ。同志はほかにもいます」

やがて、もうひとりの吟遊詩人らしき人物が中から姿を現した。

「アンジェロ様? ……夫と、話をしていたのでは」

エマは驚き、身構えようとして、ぎこちなく止まった。

「どうした?」と僕が呼びかけると、「体が、なんだか固いの」と口を動かすのもつらそうにゆっくりと話す。

「動きづらいでしょう。あなたをお連れするのに、少しばかり体の自由を奪う魔法をかけさせていただきました。……僕の祖先も魔女なのです。歌を使って魔法をかける魔女の話を聞いたことはありませんか？」

「う、そ、じゃあ、あなた……」

「それが祖母です。彼女の血を引く我々は、この能力を絶えさせないためにいろいろ考えたのです。男は魔法を使うのが苦手だといわれていますが、僕の父は道具を使うことによって、その能力を拡張する方法を編み出したんですよ」

「楽器を使ったのね？　それで、私の体が動きづらいの？」

「ええ。普通の人ならば動けなくなると思いますが、その程度ですむとは、さすがは魔女の血を引くものです。……ああ、声をあげても無駄ですよ。中にいる人たちには、脳内をいつまでも巡る音楽を奏でてあります。浮かれた気分のまま過ごせる旋律の魔法です。周りの変化に気づくのは夜が明けてからでしょう。我々が、あなたを連れ去るための時間は十分あります」

今度はアンジェロが笛を吹いた。すると、暗闇の中から人が移動する気配がした。どうやら庭にも仲間を忍び込ませているらしい。

エマはフィリッポを睨み、気丈に言い返した。

「嫌よ。……私は、行かないわ」

だが、動きを制限されているだけあって、話すのもつらそうだ。

僕はなにがあってもエマを守る。しかし、敵は吟遊詩人がふたりとテラスの外にひとりの男。幸い、吟遊詩人の旋律の魔法は、鳥の耳には届きにくい音なのか、僕自身は体が重くなった気配はまったくないが、動けるからといって三人を相手に戦えるかというとイエスとは言いがたい。せめてもうひとり、人間の味方がいないと。

「あなたも魔女でしょう？　仲間のもとに行きたいと思いませんか？」

「私にはちゃんと仲間がいるわ。夫も、友人も。……この国の魔女は人と共存しようとしているのよ」

「エマ様。私は正直、王太子が魔女を妃として迎えたことに驚きを隠せません。たしかにこの国は変わろうとしているのでしょう。ですが、国民みんなが魔女を認めているわけではない。この国に来てから、我々は幾つかの町を巡ってきました。人を虜にする我々の旋律に、敵意を向けてくるものもいましたとも。そういう人間たちが、やがて異端を弾圧するのです。百二十年前の魔女狩りのようにね。人間なんて、変わろうとしたところで変わりきれるものではないんですよ。……我々は人間とは決別し魔女だけの国をつくりたいと考えています。そのために、魔女の血統の女性を仲間に引き入れ、魔女の血を持つ人間を増やしたいのです。どうか我々とともに来てください。いつか王太子妃が魔女だとバレてこの国の民に殺されるより、ずっといいでしょう？」

フィリッポの発言に、僕は嫌な予感がした。〝女性〟に限定するあたり、こいつらの本来の目的が透けて見える。

「私は行きません。それに、魔女だけの国なんてつくれないわ。魔女と人間は別の生き物ではないもの」

庭から現れた男は騎士団服を着ていた。僕が初めて見るなといぶかしく思っていたやつだ。そいつが、テラスに向かって手を伸ばす。手すりを乗り越えてこられたら終わりだ。僕は動けるけれどたかだか一羽。エマを守るには力が足りなすぎる。味方となりえる人間はひとりしか思いつかなかった。

僕はまず、フィリッポに向かって飛びかかる。

「うわっ」

突然の動きに驚いた男は、ハーブを取り落とし、慌てて拾いにいく。

「こいつっ！」

向かってきたアンジェロの顔めがけて飛びかかり、目のあたりをひと蹴りしてから、一気に扉に向かった。

だが、重い扉は僕の体当たりではなかなか開かない。

「バームッ」

エマは、僕の意図を察知し、うまく動かない体を引きずるようにして扉に近づき、ほんの少しの隙間をつくってくれた。

アンジェロとフィリッポが追いかけてきたが、捕まる前に中へとすべり込む。

中の人々は、何事も起こっていないかのように歓談していた。楽団員は手を動かしているようだが、実際には楽器に触れていない。なんの音もしていないのに踊り続けている人々の様子は、不気味を通り越していっそ滑稽だった。

普段ならば悲鳴をあげられるだろうに、僕が入ってきたことにも誰も気づかない。

僕はギルバートを見つけ、周りを飛ぶ。しかし、ギルバートも魔法にかかっていて、僕が飛んでいるのにも気づかない。

ああもう、とっとと目を覚ませよ、馬鹿。

容赦なく、ダークブラウンの髪にくちばしを突き立て、思いきりつついてやる。

「うわっ、いてっ」

痛みという感覚に、音の魔法は弱いらしい。ギルバートは頭を押さえて呻いた後、焦点の合った目で僕を見た。

「……バーム？」

「クワッ、クワッ」

なんでもいいから早く来いよ。エマのピンチだ。

「なにを言って。……待てよ、なんで誰も騒がないんだ？　バームが中にいるのに」

いいところに気がついた。おまえはなかなか頭がいいな。

僕が飛び立つと「あ、待てよ」と追いかけてきた。さっさと来いよな、王子様。

テラスに出ると、間一髪、エマが騎士団服の男に荷物のように抱えられているところだった。僕たちを見つけ、大声で叫ぶ。

「バーム！　ギル！　助けて」

「エマを離せ！」

ギルバートはすぐに駆け出し、邪魔をしようとする吟遊詩人たちを突き飛ばし、騎士団服の男に向かっていった。

僕は近くにいたアンジェロに飛びかかり、笛をくちばしで拾い上げ、庭に捨てる。

「バーム、援護を」

わかってるよ！

僕が騎士団服の男の頭をつつく。男がたじろいだその隙を狙って、ギルバートはエマを奪い返した。ギルバートに抱かれたエマはホッとしたように目を潤ませた。

「無事か」

「体がうまく動かないの」

「わかった。ここでしばらく待ってろ」

ギルバートはエマをテラスの端に座らせ、男たちへと向きなおる。

「俺の妻を誘拐しようとは、ずいぶんと大それたことをしてくれるじゃないか」

かつて騎士団に入っていたというギルバートは、力も体術もすごかった。軽い身のこなしで騎士団服の男の腹めがけて蹴りを加えると、男は勢いよく吹き飛ばされ、手すりに頭をぶつけて、倒れ込んだ。

「ギル、楽器を奪って！」

「楽器？　わかった」

エマの助言を得て、ギルバートはハープを構えたフィリッポに、体ごとぶつかっていく。ハープは床に転がり、ギルバートは足を伸ばしてそれを僕のほうへ蹴った。

「見張ってろ」

「クワッ」

「残るは吟遊詩人ふたりか。俺の相手になるかな」

怒りの形相でこぶしを鳴らすギルバートに、ふたりの吟遊詩人は青ざめ、ほんの少しの抵抗ののち、力なく座り込んだ。

ギルバートはフィリッポの上着を脱がせ、袖を破って、ふたりをうしろ手に縛った。

「バーム、巡回しているはずの騎士団員を誘導してきてくれないか」

「クワッ」

ギルバートの指示に、僕は低空飛行をしながら巡回中の騎士団員に近づく。案の定やつらは驚いて、僕を追いかけてやって来る。そしてテラスの惨状を見て、間抜けな顔をしやがった。

「ギルバート様、何事ですか」

「暴漢だ。騎士団服が盗まれていないか確認しろ。この騎士団服の男はどこか一室に閉じ込めておけ。あと、こっちのマグパイには手を出すなよ。エマがさらわれずにすんだのはこいつのおかげだからな」

ギルバートがウインクをして左腕を上げる。

おまえの腕に止まれっていうのか。

僕は心底不満だったけど、しぶしぶギルバートの腕に止まり「クワッ」とひと鳴きした。

騎士団員たちは、驚いたように僕を見つめ、それはそれは嫌そうに「ははーっ」と敬礼をしたのだ。

「さて、おまえたちはこっちだ。中の様子がおかしい理由を知っているだろう」

フィリッポの首根っこをつかまえ、尋問するギルバートに、まだ動きが緩慢なエマが理由を説明した。

「つまり、音楽によってなんらかの洗脳が行われているということか？」

「彼になら解除できるはずよ」

そうでしょ、と問いかけるエマに、フィリッポは顔をしかめた。

「エマ様。……本当に我々とともに来る気はないのですか？」

フィリッポの問いかけに、エマは口もとを引き締め、目をつぶって首を振った。

「行かないわ。私たちは人と共存していく道を選んだの。このままの私を選んでくれた人がいるんだもの」

「でも、我々は仲間だ」

「……そうね。でも、それはあなたたちの理屈だわ。私たちの意思も確認せず連れ出そうというなら、それはやはり傲慢だと思う。私は彼に、魔女だと伝えたわ。それでもいいと言ってくれた。だからここにいるの。ふたりでわかり合って、ようやく手に入れた幸せなの。あなたに邪魔なんてされたくない」

頭をたらしたフィリッポの腕を、ギルバートは捻《ねじ》り上げる。

「ほら、早くなんとかしろ」

「……ふん」

フィリッポがハープで、ハ長調の音階を奏でた。すると、恍惚とした表情を浮かべていた人々が我に返ったように真顔に戻る。エマも体が楽に動くようになったようで、しかめていた顔を緩ませた。

「あれ……今は何時だ。ずいぶん夜も更けたんじゃないか？」

人々が、ざわつき始めた。

ギルバートは、エマに耳打ちしたのち、フィリッポとアンジェロを両わきに抱くようにして国王のもとへ行く。

「おお、ギルバート。吟遊詩人殿も、お疲れでは……」

「父上、彼らには別室で休んでいただきます。そろそろお開きにいたしましょう」

ギルバートは夜会の締めを国王に頼み、そのまま吟遊詩人たちとともに広間を出ていった。エマは僕にギルバートの伝言を伝えにやって来る。

「東の応接室へ回ってくれる？　私もすぐ行くわ。お願いね」

エマが背中を向けて歩いていく。僕は言われた通り東側に向かって飛び上がった。

応接室の窓の近くまで寄ると、中にはソファに座らされたアンジェロとフィリッポ、その向かいで立ったまま彼らを見下ろしているギルバートの姿が見えた。やがてエマが中に入ってきて、僕のために窓を開けてくれる。

「我々をどうするつもりだ」

ギルバートを睨みつけたのはアンジェロだ。彼らはまだ手を縛られている。

「おまえたちの処分を考えている」

ギルバートは顎に手をのせたまま、彼らから視線を動かさない。

彼の横に立ったエマは不安そうに何度もギルバートに目をやっていた。

僕には、エマの気持ちがわかるような気がした。

魔女であること——普通の人間にはない力を持つことを、エマはずっと気にして生きてきた。ギルバートはエマに魔女でもかまわないと言ったそうだが、こんなふうに魔法の悪い面を見せられては、気が変わってしまってもおかしくはない。

やはり魔法は恐ろしい。魔女を妻にするなどとんでもない、と言われたなら、エマは黙って身を引くしかないだろう。

もしギルバートがそんなことを言いだしたら、僕はあいつの頭が変形するほど突っついてやる。エマを泣かすやつは絶対に許さないからな。

でももし、ギルバートがそれでもエマを離さないと言うなら――。

ギルバートはやがて心を決めたように、エマの手をそっと握りしめ、正面のアンジェロたちに問いかけた。

「……おまえたちは、どうして魔女だけの国をつくりたいんだ？」

「そんなのは決まっている。居場所が欲しいからだ」

「だが魔女だって人間だろう？　居場所はある。普通の人々の暮らしの中にな」

「人は魔女を恐れる。そもそもこの国が迫害したのだろう。百二十年前の魔女狩りを忘れたとは言わせないぞ」

アンジェロがギルバートを睨んだが、ギルバートは鼻であしらう。

「……忘れたというよりは、俺はその時代には生きていない。過去の過ちを俺にぶつけられても困るな。それに、魔女の居場所づくりならデイモンたちがやって、成功していると思うんだ。魔法を自分たちの仕事にして生計を立てているだろう。俺はエマを見ていて思ったんだが、魔法はしょせん、能力の一部でしかないんだ。その能力を正しく使えるかどうかは、個人の資質で決まる。……そうだよ。そして正しい判断ができる人間を育てるのは教育と社会保障だ。それなら俺も協力できると思う」

そして、さも今思いついたとばかりにギルバートが両手を打つ。

「そうだ！　魔女だからと隠れ住むような生き方をさせないためにも、これからこの国は教育に力を入れるべきなんだ」

ギルバートの隣で、エマが感極まって目を潤ませている。

ああ、わかるよ。僕もなんだかちょっと感動した。

正直、どうしてエマはこいつに惚れたんだろうって思っていたんだけど、ようやくわかった。ギルバートってやつは、底抜けに正しい男なんだ。

ただ力のあるなしを恐れて魔女を遠ざけるんじゃなく、魔女と人間が共生する道を考えられる男なんだ。

「アンジェロ。しょせん魔女だけの国などつくれないんだ。人間が世界にどれだけいると思っている？　魔法で人を押さえつけたところで、人間が束でかかってきたらおまえたちが先に滅ぼされるよ。力があることをおごってはいけない。王族の俺たちだって、民がいなければ生きてはいけないんだから」

吟遊詩人たちもぽかんと口を開けたまま、生き生きと語るギルバートを見ている。

「俺はいずれ国王になる。そのときには、エマが魔女だということを隠さずとも生きていける国をつくるつもりだ。そのための足がかりを今見つけた。おまえたちにも、もっといい生き方があるんじゃないのか」

「いい生き方……とは？」

「そうだな。国中を興行していた間、おまえたちの音楽は大人気だったと聞いている。そのときはどうだった？　おまえたちの音楽を喜ぶ人の顔は、おまえたちを幸せにはしなかったのか？　過去の恨みにこだわって、その人たちから憎しみの目を向けられることが、本当におまえたちがしたいことなのか？」

フィリッポが気まずそうに肘でアンジェロを小突くのを僕は見逃さなかった。

「フィリッポ、アンジェロ。おまえたちが魔法を悪用するというのなら、今日のことを公表し、処罰するしかない。しかし、その力を正しく使うというなら別だ。監視付きで自由にしてやってもいい」

「監視？」

「さすがに今日会ったばかりの人間をすぐ信用するほど俺もおめでたくはない。国を出るまでは一応監視をつけさせてもらう」

ギルバートが王太子だということが、今になってなんとなく納得がいった。普段はそこまで威厳を感じないけれど、こうと決めたときの意志の強さ、必ず実行するだろうと思わせるその堂々たる態度が、王の器だと感じさせるんだ。

同じように思ったのか、アンジェロが観念したように頭を下げた。

「……では、王太子様が私たちを使ってはくださいませんか」

「え？」

「正しい主人がいるなら私たちも力の使い方を間違わずにすみましょう。とりあえず一年、おそばに置いていただいて、私は今までの私たちの考えがどう間違っていたのか考えなおしてみたい」

「アンジェロ」

「フィリッポ、おまえはどうする？」

「お、俺も。アンジェロが決めたことに従うよ」

ギルバートとエマは顔を見合わせた。僕も驚きだよ。予想外の展開だけど、ふたりが本気で可能性にかけようと思ったのなら、ギルバートってやつはすごいやつなんじゃないか？

それこそ、エマを任せてもいいって、思えるくらいには。

騒動の翌日。僕がいつものように城の上空をパトロールしていると、エマが部屋の窓から手招きをしている。近づいてみると、ギルバートも一緒にいた。

「来た来た。英雄、待ってたぞ」

ギルバートもエマもやたらに機嫌がいい。

「英雄ってなんのことだ？」とエマに尋ねると、「あなたのことよ」と笑われた。

「バームがいなければ、俺の大事な妻が連れ去られるところだった。君は誰より頼りになる用心棒だ」

そういってギルバートが取り出したのは、騎士団員に贈られる勲章だ。一番小さく、低い階級の金色のメダル。通常服につけるためにつけられているピンがつぶされて輪っか状になり、そこに紐がかけられている。

……これ、僕にくれるのか？

勲章だぞ？　人間以外でこんなものもらうやつ、いないはずなのに。

「君を王太子妃専属の護衛官に任命しよう。衛兵たちにも勲章をつけたマグパイには今後一切手出しをするなと伝える。これからも頼むぞ、バーム」

おまえに偉そうに言われる筋合いはないぞ。僕はもともと自分の意志でエマを守っているんだ。だけど、だけど。……ああこれはちょっとうれしいかもしれない。

エマを振り向いて翼を広げると、「似合うわ。カッコいいわよ」とエマが笑う。

そうだろう。このキラキラ、僕に似合いそうだなってひそかに思っていたんだ。

「それにしてもギルってすごいのね」

「なにがだい？」

「私、今回のことで、あなたが魔女自体を恐れるんじゃないかと思っていたの」

音楽による一斉洗脳は、うまくすれば一国を滅亡に導ける。昨日のあの事件も、僕とエマがあの場にいて、なおかつギルバートに魔法に関する知識があったから、なんとか収めることができたのだ。

それだけでも上出来なのに、さらにギルバートは吟遊詩人たちを味方につけた。

柔軟な思考と、まっすぐな気質。それに、吟遊詩人たちは未来をかけてみる気になったんだろう。

「ギルは王様になるべき人よ」

エマは誇らしげに語った。僕もそう思う。こいつの底抜けの正しさは、いつか本当に、魔女と人間がいがみ合わずに暮らせる国をつくれるはずだって。

「私、いつか魔女だということを公言する日が来ることを、それが祝福とともに訪れることを信じているわ。そのために、立派な王太子妃になる。魔女は恐ろしいものではないと国民みんなに信じてもらえるような」

「もちろんだ。俺が必ず、そんな国をつくるよ」

ギルバートはエマの決意に頬を緩め、あろうことかエマにキスをした。

「ちょ……バームも見てるのにっ」

見てるけど。今回はちょっとだけ感動したから、見ないふりをしておいてやるよ。

僕はなにも言わず、窓から飛び立った。

太陽の光に輝くのは、僕の首から下がる勲章。

誰に命令なんてされなくても、僕はエマを守り続ける。生きている限り、ずっと。

だけどギルバート。僕がいなくなったときのことを考えたら、エマを守れるのはおまえだけだと思うんだ。

だからそれまで、ついでにおまえのことも守ってやってもいいぞ。

金ぴかの勲章に、僕はちょっとだけひねくれた騎士の誓いを告げた。

FIN

特別書き下ろし番外編

素敵なお姫様になるために

その日、エマの部屋にやって来たのは、国王一家の寵愛を一手に受けるジゼル姫だ。

「ねぇお義姉《ねえ》様。素敵なお姫様になるためにはどうしたらいいかしら」

「ジゼル様？　どうしたんです？　いきなり」

八歳になったばかりのかわいらしいお姫様は、ライトブラウンの長い髪をいじり、もう一方の手には本を抱えている。

エマはジゼルにソファを勧め、侍女にお茶を頼んだ。ジゼルはエマの横にちょこんと座ると「あのね」と話し始めた。

「お母様に、今日は素敵なお姫様になるための勉強をしましょうね、って言われたの」

「はあ」

「カレン先生はお裁縫をさせようとしたのね。でも私、素敵なお姫様ってお針子じゃないと思うのよ」

「はあ」

「それで、誰かに教えてもらおうと思って書庫に行ったの。そうしたらリチャードお兄様がいて、これをくれたの」

ジゼルは手に持っていた童話をエマに見せた。タイトルは『灰かぶりの姫』。表紙にはドレス姿の女性と白鳩が描かれている。

エマも読んだことのある童話だ。母を失い継母に虐げられていた主人公が、白鳩の助けを借りて舞踏会に出席し、王子に見初《みそ》められて幸せになるお話。

ジゼルはほうとため息をつきながら続ける。

「それでお庭で本を読んでいたら、ブレイデンお兄様が来たの。お兄様は、本を見て、『灰かぶり姫といえば義姉上だね。薬屋からの華麗なる転身だ。兄上の愛の大きさに俺は震えたよ』っておっしゃったの。だから私、お義姉様に会いにきたのよ？」

目をキラキラ輝かせてジゼルが言う。

「ねぇ、お義姉様。どうやったら素敵なお姫様になれる？　白鳩に会えればいいのかしら。そして、ご本のお姫様みたいに不幸な身の上から助けてもらうの」

どうやら物語と現実がごっちゃになっているようだ。

「でもジゼル様は、不幸ではありませんよね？」

「そうね。困ったわ。私には継母もいないもの。お義姉様はどうだったの？　継母にいじめられたことある？」

「私の母は生きてますし。実家でいじめられたこともありません。ただ、ギルバート様が私を見初めてくださっただけです」

「じゃあまるきり本の通りじゃなくてもいいのね？」

「そうですね。ジゼル様は、もともとかわいらしいし、健やかに成長されたら、それだけでもう素敵なお姫様になれますよ」

「せいちょう？」

「いっぱい食べて、勉強して、眠って、お年頃になったら、ということです」

「ふうん。遠いのね」

エマの返答はジゼルのお気に召さなかったらしい。

この年頃の子供は今がすべてなのだ。いつかと言われてもピンとこないのだろう。

エマが困っている間に、ジゼルの興味は窓の外に行ってしまった。

「あ、鳥が覗いているわよ！」

ベランダの桟にバームが止まっている。中に入れようかどうかエマが悩んでいると、ジゼルは興奮したようにぴょんぴょん飛び跳ねだした。

「ほら、お義姉様。くんしょうがついてるわ！　お兄様の言っていた特別なマグパイ！　かしこい子なんでしょう？」

「そ、そうですね。……おいでバーム」

窓を開け、バームを呼ぶと、彼はふわりと羽を広げてソファの上に飛んできた。

「うわあ、言うことを聞いたわ。本当にお利口だわ！」

ジゼルの白い肌が興奮で真っ赤になる。バームも小さなお姫様に興味津々だ。

「エマ、なんなんだ、この子」

「ジゼル様、紹介しましょう。私の友達のマグパイ、バームです。こちらは第一王女のジゼル様よ。ギルの妹君」

「へぇ、あいつにこんな小さな妹がいたのか」

まるで会話しているようにバームがエマに相づちを打つのを、王女は食い入るように見つめた。

「お義姉様とこの子は仲良しなのね。灰かぶり姫の白鳩みたい。でも……この子の羽は黒ね」

残念そうにため息をつくジゼルに、エマは得意げに言う。

「あら、ジゼル様、バームの羽はとても綺麗なんですよ。青と白と黒が模様になってるんです」

バームが見せつけるように羽を広げる。ぽかんと口を開けて見入っていた王女は瞳を輝かせて「素敵」と繰り返す。

「素敵、素敵、ねぇお義姉様。私、この子が欲しいです」

「えっと……。ごめんなさい。この子は物じゃないの。あげたりはできないんです」

王女の瞳が一気に潤む。

「どうして？　私、この子を大事にするわ。おいしいご飯だってあげるし、キラキラした勲章だっていっぱいあげるわ」

「キラキラ？」

物につられてバームが色めき立つ。エマはじろりとバームを睨むと、泣きだしそうなジゼルをなだめた。

「ジゼル様のお願いはなんでも聞いてあげたいですが、生き物のことはダメです。バームにも気持ちがあります。自由を奪ったら、バームの心が死んでしまいます」

「死んじゃうの？　それはダメよ」

「でしょう？　その代わりお友達にならなれますよ」

「友達？　本当？」

「ええ、バーム。そうよね」

「はいはい」

バームはひらりと王女の足もとに舞い下りると、くちばしでちょん、と靴の先をつつく。首につけた勲章が床についてカチリと鳴った。

「まあ」

求婚のしぐさにも似ているそれに、ジゼルはすっかりうれしくなって、顔を真っ赤にして喜んだ。

と、そこへやって来たのはギルバートだ。

「ジゼルじゃないか。さっき、おまえの教育係が捜してたぞ」

「まあお兄様！」

ジゼルはぱあっと顔を晴れ渡らせると、兄の足もとに寄って、手を伸ばして抱っこをせがんだ。ギルバートは当然のようにジゼルを腕に抱き上げる。

王女の言動が年齢より幼いのは、家族全員で甘やかしているせいだとエマは思う。

「私、今日は素敵なお姫様になる勉強をしていたんです。ほら、ご本だって」

胸を張って童話を見せる。「リチャードだな」と長兄はあっさりと渡した人物を見抜き、「おまえね、それは体よく追い出されただけだよ」と身も蓋もないことを言う。

「そうなの？」

「灰かぶり姫はおとぎ話。おまえは生まれながらの姫だから、あんまり関係ないよ」

これまた情緒のないことを言う。見目麗しく逞しいエマの夫は、残念ながら情緒面においてはあまり優秀ではないのだ。

「困ったわ。じゃあどうすれば素敵なお相手に見初めてもらえるんでしょう。ね。ギルバートお兄様はお義姉様のどこを好きになったの？」

突然の質問に、エマとギルバートは目を見合わせ、同時に顔を赤らめた。改めて、互いの好きなところを聞かれるなど恥ずかしい。しかし、ジゼルの追及はとどまるところを知らない。

「どこ？　お顔？　それともお胸？」

「胸って……ジゼル！」

「だってブレイデンお兄様に聞いたら、女性は顔と胸っておっしゃったわ」

しれっと言ったジゼルに、ギルバートが頭を抱え、ため息をついて、ジゼルを抱いたままソファに腰を下ろした。

「そうだな。素敵なお姫様になるには、まず心が綺麗じゃなきゃいけないよ」

「心？」

「そう。俺たちは王族だから、たいていのことは思い通りになる。だから無理を言ってしまいがちなんだ。でも、人には心がある。命令で言うことを聞かせても、人はついてこない。エマは、人の心に寄り添うことのできる女性なんだ。だからみんなエマが好きになる。素敵なお姫様になりたいなら、エマを見習ってごらん」

うしろで聞いてるエマは、顔が熱くなるのを止められない。まさか、告白めいた言葉を、こんな状況で聞かされるとは。

「そういえば、さっきお義姉様言ったわ。バームにも心があるって」

「そうだよ。だからバームはジゼルの思い通りにはならないんだ。だけどエマのように友達になったら、バームはお願いを聞いてくれただろ」

「本当だわ！　……すごいわ、お義姉様」

ジゼルはギルバートの膝から飛び下りると、今度はエマに抱っこをせがむ。

ジゼル姫を抱き上げるのは初めてだ。しかも八歳児はそこまで軽いわけじゃない。

エマはソファに座って、彼女を膝にのせる形で抱き上げた。

ジゼルは躊躇なくエマに抱きつき、胸の谷間に頬を押しつける。

「あ」

「クァッ？」

それに反応するのはひとりと一羽。

「わかりました！　私、お義姉様を見習うわ。ブレイデンお兄様の言う通り、お胸もふっくらで素敵なお姫様です！」

そこへ、ノックの音が響く。

「すみません、エマ様。もしかしてこちらにジゼル王女はいらしてませんか？」

ジゼルの教育係のカレンである。先ほどギルバートがこの部屋に入っていったのを知っているカレンは、新婚ご夫妻の邪魔をするわけにはいかないとこの部屋への捜索を後回しにしていた。

しかし、陛下には行っていないと衛兵に言われ、捜していない部屋がここだけとなってあきらめてやって来たのだ。

「カレン先生！　ジゼル様ならここにいらっしゃいますよ」

「姫様！　なにしてらっしゃるんですか！」

「なにって、素敵なお姫様になるためにお勉強しているのよ。カレン先生、触らせてくれないじゃないの。どんなやわらかさがいいのか私は知りたいのに」

ジゼルはまだ足りないとでもいうように、何度も頬を胸に押しつける。あきれたギルバートがジゼルを無理やりエマから引きはがした。

「お兄様離してぇ」

「いい加減にしなさい。レディはいつまでも子供のように抱かれてはいないものだよ」

「嘘。お兄様、この間お義姉様を抱っこしてたもの。私こっそり見てたんだから」

「そういうのはいいんだよ！」

顔を真っ赤にしたギルバートが、いい話を聞いたと内心浮き立ったカレンにジゼルを渡し、ようやく嵐のような時間が終わった。

なんとなく息切れしながらふたりは顔を見合わせる。

「……悪かったな。その。ジゼルはちょっと自由奔放で」

「うん。でもおもしろかったわ。子供ってかわいいのね」

あまり小さい子と触れ合ったことのないエマには、新鮮な驚きだった。

「欲しいなら……いくらでも協力するけど」

「え？　……は？」

「エマとの子供ならきっとすごくかわいい」

真っ赤になったエマを、ギルバートはぎゅっと抱きしめ、「やれやれ」とあきれたバームが窓から空に飛び立つ。

ギールランドの王城は、今日も平和だ。

FIN

あとがき

『王太子様は、王宮薬師を独占中～この溺愛、媚薬のせいではありません！～』を手に取っていただきありがとうございます。前作、『伯爵夫妻の甘い秘めごと』と同舞台の二十年後のお話になります。前作を読んでいなくても楽しめるように書いたつもりですが、読んでいればなお楽しいかもしれません。

前作で、人間と共存するために、デイモンが起業したメイスン商会。そこから派生した『グリーンリーフ』という薬屋。その看板娘が、今回の主人公エマです。

惚れ薬にまつわるドタバタをコメディーっぽく書きたいなぁと始めた話だったのですが、話の筋に集中してしまうと恋愛要素をおろそかにしてしまう悪い癖が出てしまいまして、編集中はそこらへんを意識したつもりですが、それでも、少ないと感じられたら申し訳ないです。

今回のお気に入りキャラはエマの使い魔、バームでした。彼は初期プロットにはなくて、本当に書き出す直前に、「使い魔がいるんだった」と慌てて考えたキャラクターだったのですが、兄のように父のように主人公を見守り、励ましてくれるという、物語を動かすうえで大事な存在となってくれました。彼の番外編を、加筆してきちんと書けたのが、うれしかったです。

また、ただでさえ文字数ギリギリだったのに、書き下ろしの番外編もつけたい！とわがままを言ってしまい、文字数調整にものすごく苦労しました。できるだけ、行末で文章が終わるようにと調整したので、なんだか文字だらけ、と思われたらすみません。こんな事情でした。

表紙を描いてくださったぽぽるちゃ様。めちゃくちゃかわいいエマとカッコいいギルバートをありがとうございました。バームを入れてくださったのがすごくうれしかったです。いつも助言と励ましをくださる担当の鶴嶋様、スターツ出版の皆様、そのほか、この本を作るのに関わってくださったすべての方に、お礼を申し上げます。本当にありがとうございました。

そしてなにより、日頃より応援してくださる読者の皆様のおかげで、エマたちを本にする機会をいただけました。いつもありがとうございます。また、違う物語で皆様と出会えることを願っております。

坂野真夢《さかのまむ》

坂野真夢先生への
ファンレターのあて先

〒104-0031
東京都中央区京橋1-3-1
八重洲口大栄ビル7F
スターツ出版株式会社　書籍編集部　気付

坂野真夢先生

本書へのご意見をお聞かせください

お買い上げいただき、ありがとうございます。
今後の編集の参考にさせていただきますので、
アンケートにお答えいただければ幸いです。

下記URLまたはQRコードから
アンケートページへお入りください。
http://www.berrys-cafe.jp/static/etc/bb

ベリーズ文庫

この物語はフィクションであり、
実在の人物・団体等には一切関係ありません。
本書の無断複写・転載を禁じます。

王太子様は、王宮薬師を独占中

～この溺愛、媚薬のせいではありません！～

2018年8月10日　初版第1刷発行

著　者　坂野真夢
©Mamu Sakano 2018

発行人　松島 滋

デザイン　hive & co.,ltd.

校　正　株式会社　文字工房燦光

編集協力　佐々木かづ

編　集　鶴嶋里紗

発行所　スターツ出版株式会社
〒104-0031
東京都中央区京橋1-3-1　八重洲口大栄ビル7F
TEL　販売部　03-6202-0386（ご注文等に関するお問い合わせ）
URL　http://starts-pub.jp/

印刷所　大日本印刷株式会社

Printed in Japan

乱丁・落丁などの不良品はお取替えいたします。
上記販売部までお問い合わせください。
定価はカバーに記載されています。

ISBN 978-4-8137-0509-3　C0193

Berry's COMICS

ベリーズコミックス

各電子書店で
単体タイトル
好評発売中!

『ドキドキする恋、ありますす。』

NEW

『カレの事情と
カノジョの理想①~③』[完]
作画:漣 ライカ
原作:御厨 翠

NEW

『その溺愛、
お断りします①~②』
作画:村崎 翠
原作:ふじさわ さほ

NEW

『強引なカレと
0距離恋愛①』
作画:蒼井みづ
原作:佳月弥生

『俺様副社長に
捕まりました。①~③』
作画:石川ユキ
原作:望月沙菜

『専務が私を
追ってくる!①~②』
作画:森 千紗
原作:坂井志緒

『偽恋フライト①~②』
作画:蛯 波夏
原作:御堂志生

『強引ドクターの
溺愛処方箋①』
作画:孝野とりこ
原作:夏雪なつめ

『腹黒御曹司が
イジワルです①』
作画:七里ベティ
原作:佐倉伊織

電子コミック誌

comic Berry's

コミックベリーズ

各電子書店で発売!

他 全26
作品

毎月第1・3
金曜日
配信予定

amazonkindle　コミックシーモア　Renta!　dブック　ブックパス　他

小説サイト
Berry's Cafeの人気作品がボイスドラマ化！
豪華声優陣が出演!!
溺愛ボイスドラマ×ベリーズ男子
俺様すぎる強引社長
CV:増田俊樹
『キミは許婚』
by 春奈真実
とことん溺甘！グイグイ秘書室室長
CV:梅原裕一郎
『秘書室室長がグイグイ迫ってきます！』by 佐倉伊織
隠れドS!?溺愛系御曹司
CV:石川界人
『副社長は溺愛御曹司』
by 西ナナヲ
1話はすべて完全無料！
App Store からダウンロード
Google Play で手に入れよう
アプリストアまたはウェブブラウザで
ベリーズ男子 検索
【全話購入特典】
・特別ボイスドラマ
・ベリーズカフェで読める書き下ろしアフターストーリー
最新情報は公式サイトをチェック！
※AppleおよびAppleロゴは米国その他の国で登録されたApple Inc.の商標です。App StoreはApple Inc.のサービスマークです。※Google PlayおよびGoogle Playロゴは、Google LLCの商標です。

ベリーズ文庫 2018年9月発売予定

Now Printing

『熱愛前夜』 水守《みずもり》恵蓮《えれん》・著

綾乃は生まれた時から大企業のイケメン御曹司・優月と許嫁の関係だったが、ある出来事を機に婚約解消を申し入れる。すると、いつもクールな優月の態度が豹変。恋心もない名ばかりの許嫁だったはずなのに、「綾乃が本気で愛していいのは俺だけだ」と強い独占欲を露わに綾乃を奪い返すと宣言してきて…!?

ISBN 978-4-8137-0521-5／予価600円＋税

Now Printing

『君を愛で満たしたい～御曹司は溺愛を我慢できない!?～』 佐倉《さくら》伊織《いおり》・著

総合商社勤務の葉月は仕事に一途。商社の御曹司かつ直属の上司・一ノ瀬を尊敬している。2年の海外駐在から戻った彼は、再び葉月の前に現れ「上司としてずっと我慢してきた。男として、絶対に葉月を手に入れる」と告白される。その夜から熱烈なアプローチを受ける日々が始まり、葉月の心は翻弄されて…!?

ISBN 978-4-8137-0522-2／予価600円＋税

Now Printing

『エンゲージメント』 ひらび久美《くみ》・著

輸入販売会社OLの華奈はある日「結婚相手に向いてない」と彼に振られたバーで、居合わせたモテ部長・一之瀬の優しさにほだされ一夜を共にしてしまう。スマートな外見とは裏腹に「ずっと気になっていた。俺を頼って」という一之瀬のまっすぐな愛に、華奈は満たされていく。そして突然のプロポーズを受けて!?

ISBN 978-4-8137-0523-9／予価600円＋税

Now Printing

『好きな人はご近所上司』 円山《まるやま》ひより・著

銀行員の美羽は引越し先で、同じマンションに住む超美形な毒舌男と出会う。後日、上司として現れたのは、その無礼な男・瀬尾だった！　イヤな奴だと思っていたけど、食事に連れ出されたり、体調不良の時に世話を焼いてくれたりと、過保護なほどかまってくる彼に、美羽はドキドキが止まらなくて…!?

ISBN 978-4-8137-0524-6／予価600円＋税

Now Printing

『傲慢なシンデレラはガラスの靴を履かない』 佳月《かげつ》弥生《やよい》・著

恋人の浮気を、見知らぬ男性・圭一に突然知らされた麻衣子。失恋の傷が癒えぬまま、ある日仕事で圭一と再会。彼は大企業の御曹司だった。「実は君にひと目惚れしてた」と告白され、その日から、高級レストランへのエスコート、服やアクセサリーのプレゼントなど、クールな彼の猛アプローチが始まり…!?

ISBN 978-4-8137-0525-3／予価600円＋税

タイトル、価格等は変更になることがございますのでご了承ください。

ベリーズ文庫 2018年9月発売予定

『しあわせ食堂の異世界ご飯』 ぷにちゃん・著

Now
Printing

料理が得意な女の子がある日突然王女・アリアに転生!? 妃候補と言われ、入城するも冷酷な皇帝・リントに門前払いされてしまう。途方に暮れるアリアだが、ひょんなことからさびれた料理店「しあわせ食堂」のシェフとして働くことに!? アリアの作る料理は人々の心をつかみ店は大繁盛だが……!?

ISBN 978-4-8137-0528-4／予価600円＋税

『王太子殿下の華麗な誘惑と聖なるウエディングロード』 藍里《あいさと》まめ・著

Now
Printing

公爵令嬢のオリビアは、王太子レオンの花嫁の座を射止めろという父の命で、王城で侍女勤めの日々。しかし、過去のトラウマから"やられる前にやる"を信条とするしたたかなオリビアは、真っ白な心を持つレオンが苦手だった。意地悪な王妃や王女を蹴散らしながら、花嫁候補から逃れようと画策するが…!?

ISBN 978-4-8137-0526-0／予価600円＋税

『けがれなき聖女はクールな皇帝陛下の愛に攫われる』 涙鳴《るいな》・著

Now
Printing

神の島に住む聖女セレアは海岸で倒れていた男性を助ける。彼はレイヴンと名乗り、救ってくれたお礼に望みを叶えてやると言われる。窮屈な生活をしていたセレアは島から出たいと願い、レイヴンの国に連れて行ってもらうことに。実は彼は皇帝陛下で、おまけに「お前を妻に迎える」と宣言されて…!?

ISBN 978-4-8137-0527-7／予価600円＋税

『傲慢殿下と秘密の契約～貧乏姫は恋人役を演じています～』 雨宮《あまみや》れん・著

Now
Printing

貧乏国の王女であるフィリーネに、大国の王子・アーベルの花嫁候補として城に滞在してほしいという招待状が届く。やむなく誘いを受けることにするフィレーネだが、アーベルから「俺のお気に入りになれ」と迫られ、恋人契約を結ぶことに!? 甘く翻弄され、気づけばフィリーネは本気の恋に落ちていて…!?

ISBN 978-4-8137-0529-1／予価600円＋税

タイトル、価格等は変更になることがございますのでご了承ください。

ベリーズ文庫 2018年8月発売

書店店頭にご希望の本がない場合は、書店にてご注文いただけます。

『愛され新婚ライフ〜クールな彼は極あま旦那様〜』

砂川雨路《すながわあめみち》・著

恋愛経験ゼロの雫は、エリート研究員の高晴とお見合いで契約結婚することに。新妻ライフが始まり、旦那様として完璧で優しい高晴に、雫は徐々に惹かれていく。ある日、他の男に言い寄られていたところを、普段は穏やかな高晴に、独占欲露わに力強く抱き寄せられて…!?

ISBN978-4-8137-0507-9／定価：本体640円＋税

『ふつつかな嫁ですが、富豪社長に溺愛されています』

藍里《あいさと》まめ・著

OL・夕羽は、鬼社長と恐れられる三門からいきなり同居を迫られる。実は三門にとって夕羽は、初恋の相手で、その思いは今も変わらず続いていたのだ。夕羽の前では甘い素顔を見せ、家でも会社でも溺愛してくる三門。最初は戸惑うも、次第に彼に惹かれていき…!?

ISBN978-4-8137-0508-6／定価：本体630円＋税

『だったら俺にすれば？〜オレ様御曹司と契約結婚〜』

あさぎ千夜春《ちよはる》・著

恋愛未経験の玲奈は、親が勧める見合いを回避するため、苦手な合コンへ。すると勤務先のイケメン御曹司・瑞樹の修羅場を目撃してしまう。玲奈が恋人探し中だと知ると瑞樹は「だったら俺にすれば？」と突然キス！しかも、“1年限定の契約結婚”を提案してきて…!?

ISBN978-4-8137-0504-8／定価：本体640円＋税

『王太子様は、王宮薬師を独占中〜この溺愛、媚薬のせいではありません！〜』

坂野真夢《さかのまむ》・著

王都にある薬屋の看板娘・エマは、代々一族から受け継がれる魔力を持つ。薬にほんの少し魔法をかけると、その効果は抜群。すると、王宮からお呼びがかかり、城の一室で出張薬屋を開くことに！　そこへ騎士団員に変装したイケメン王太子がやってきてエマを気に入り…!?

ISBN978-4-8137-0509-3／定価：本体640円＋税

『クールな社長の耽溺ジェラシー』

春奈真実《はるなまみ》・著

恋愛に奥手な建設会社OLの小夏は、取引先のクールな社長・新野から突然「俺がお前の彼氏になろうか？」と誘われる。髪や肩に触れ、甘い言葉をかける新野。しかしある日「好きだ。小夏の一番になりたい」とまっすぐ告白され、小夏のドキドキは止まらなくて!?

ISBN978-4-8137-0505-5／定価：本体640円＋税

『男装したら数日でバレて、国王陛下に溺愛されています』

若菜《わかな》モモ・著

密かに男装し、若き国王クロードの侍従になった村娘ミシェル。バレないよう距離を置いて仕事に徹するつもりが、彼はなぜか毎朝彼女をベッドに引き込んだり、特別に食事を振る舞ったり、政務の合間に抱きしめたりと、過剰な寵愛ぶりでミシェルを翻弄して…!?

ISBN978-4-8137-0510-9／定価：本体650円＋税

『ホテル御曹司が甘くてイジワルです』

きたみ まゆ・著

小さなプラネタリウムで働く真央の元にある日、長身でスマートな男性・清瀬が訪れる。彼は高級ホテルグループの御曹司。真央は高級車でドライブデートに誘われたり、ホテルの執務室に呼ばれたり、大人の色気で迫られる。さらに夜のホテルで大胆な告白をされ!?

ISBN978-4-8137-0506-2／定価：本体650円＋税